BENITO PÉREZ GALDÓS

# TRISTANA

EDICIÓN SIMPLIFICADA PARA
USO ESCOLAR Y AUTOESTUDIO

Esta edición, cuyo vocabulario se ha elegido entre las palabras españolas más usadas (según CENTRALA ORDFÖRRÅDET I SPANSKAN de Gorosch, Pontoppidan-Sjövall y el VOCABULARIO BÁSICO de Arias, Pallares, Alegre), ha sido resumida y simplificada para satisfacer las necesidades de los estudiantes de español con unos conocimientos un poco avanzados del idioma.

EDICIÓN A CARGO DE:
José Ma. Alegre Peyrón, *Dinamarca*

CONSULTORES:
Berta Pallares, *Dinamarca*

Editora: Ulla Malmmose

Ilustraciones: Mogens Svane


ISBN Dinamarca 87-429-7735-5
www.easyreader.dk

Impreso en Dinamarca por
Sangill Grafisk Produktion, Holme Olstrup

# BENITO PÉREZ GALDÓS
(1843-1920)

Nació en Las Palmas, Islas Canarias, en 1843 y murió en Madrid en 1920.

Estudió derecho en Madrid, pero nunca se dedicó a las Leyes. Además de escritor, fue periodista, político y formó parte de la Real Academia Española. Desde muy joven se interesó ya por la Literatura: escribió más de cien obras. Cultivó la novela y el teatro, y es considerado el primero de los novelistas históricos españoles por sus *Episodios Nacionales.*

Pérez Galdós es el mejor novelista español después de Cervantes. El tema central de sus novelas es el dolor del hombre por el que siempre sintió el autor una gran piedad por los dolores que le hacen sufrir.

La obra de Pérez Galdós tiene un extraordinario valor de conjunto. Al vivir en una de las épocas más difíciles de la historia de España, como fue la segunda parte del Siglo XIX, todos los hechos históricos aparecen en su obra. El Madrid del Siglo XIX es el común denominador de aquélla. La zona social novelada es preferentemente la clase media. Las otras clases: la aristocracia y el pueblo, están vistas y determinadas a través de la clase media, siendo, con preferencia, el tema de sus relatos la vida cotidiana. Junto a los personajes históricos, Pérez Galdós nos presenta también hombres y mujeres de las clases más bajas y pobres de Madrid.

Fecundidad, realismo, naturalismo, elemento histórico y social, y sentimiento anti-religioso, son las notas y características más destacables en su obra.

## ALGUNAS OBRAS DE BENITO PÉREZ GALDÓS

*Doña Perfecta. Marianela. Gloria. Nazarín. Fortunata y Jacinta. El amigo Manso. La de Bringas. Ángel Guerra.*

reloj
capa
bastón

I

En el popular *barrio* de Chamberí, en Madrid, vivía no hace muchos años un *hidalgo*. La primera vez que tuve conocimiento de tal personaje dijéronme que se llamaba don Lope Sosa. En efecto, nombrábanle así algunos amigos; pero él respondía por don Lope Garrido. Andando el tiempo supe que se llamaba don Juan López Garrido.

Su cara era delgada, de líneas firmes y nobles, la frente ancha y los ojos vivísimos que, junto con un cuerpo alto y delgado, hacían imposible que el sujeto se llamara de otra manera. O había que matarle o decirle don Lope.

La edad del buen hidalgo era tan difícil de conocer como la hora de un *reloj* parado. Se había plantado en los cuarenta y nueve, como si el terror de los cincuenta le detuviese en aquella raya del medio siglo; pero ni Dios mismo, con todo su poder, le podía quitar los cincuenta y siete. Vestía con *elegancia:* buena *capa* en invierno, en todo tiempo *guantes* oscuros, elegante *bastón* en verano, y trajes más propios de la edad verde que de la madura.

Tuvo don Lope Garrido gran experiencia en asuntos

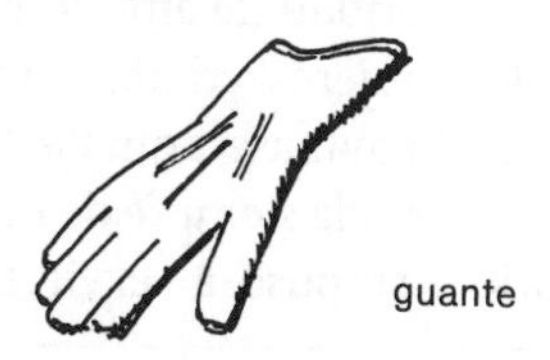
guante

---

*barrio,* nombre dado a una de las partes de la ciudad.
*hidalgo,* persona noble y de familia antigua.
*elegancia,* cualidad de elegante.

de amor. Ya gastado y para poco, no podía ocultar su afición y siempre que se encontraba con mujeres bonitas, o aunque no fueran bonitas, les dirigía miradas expresivas, como si con ellas dijera: «¡Qué suerte tenéis, pobrecitas! Agradeced a Dios el no haber nacido veinte años antes. Tened cuidado de los que hoy sean lo que yo fui, aunque me atreveré a decir que no hay en estos tiempos quien me iguale. Ya no hay jóvenes, ni hombres que sepan su obligación al lado de una buena moza».

Sin ninguna ocupación, el buen don Lope, que había gozado en mejores tiempos de una regular fortuna, y no poseía ya más que unos pocos bienes en la provincia de Toledo, se pasaba la vida en agradables *tertulias* de *casino,* en casa de amigos, o en reuniones de café. Vivía en un barrio tan popular por la sola razón de que las casas eran baratas.

No era ya Garrido *trasnochador.* Se levantaba a las 8 y en arreglarse y vestirse, pues cuidaba mucho de su persona, se pasaban dos horitas. A la calle hasta la una, hora del almuerzo. Después de éste, calle otra vez, hasta la comida, entre siete y ocho.

Lo que principalmente debe decirse es que si don Lope era todo amabilidad en las tertulias del casino y del café, en su casa sabía hermanar las palabras amables y familiares con la autoridad de amo indiscutible.

Con él vivían dos mujeres, criada la una, señorita en el nombre la otra. Llamábase aquélla Saturna, alta y seca, de ojos negros, vestida siempre de negro. Habiendo perdido a su marido, se puso a servir en casa de don

---

*tertulia,* reunión de amigos.
*casino,* edificio, club, donde se reunen las gentes importantes de una ciudad para jugar, charlar o pasar el rato.
*trasnochador,* que se retira a dormir tarde por la noches.

Lope. La otra, que a ciertas horas tomaríais por sirvienta y a otras no, pues se sentaba a la mesa del señor y le *tuteaba* familiarmente, era joven, bonitilla, alta, de una blancura casi increíble; las mejillas sin color, los ojos negros y grandes, pequeñuela y roja la boquirrita, de labios del color de la sangre; los dientes pequeñitos, de cristal y brillante el cabello castaño. Sus manos de una forma perfecta – ¡qué manos! – tenían misteriosa virtud, como su cuerpo y ropa.

Falta por explicar el *parentesco* de Tristana, que por este nombre respondía la mozuela bonita, con el gran don Lope. Versiones había para todos los gustos. Unas veces dominaban unas opiniones sobre las otras en punto tan importante. Durante dos o tres meses se creyó como el Evangelio que la señorita era *sobrina* del señorón. Pronto empezaron a tomarla como hija y orejas hubo en la vecindad que le oyeron decir papá, como las muñecas que hablan. Sopló un nuevo vientecillo de opinión y ya la tenéis verdadera y auténtica esposa de Garrido. Pasado algún tiempo, en opinión de los vecinos, no era hija, ni sobrina, ni esposa, ni nada del gran don Lope; no era nada y lo era todo, pues le pertenecía como una *petaca,* como un mueble, sin que nadie se la pudiera disputar; ¡y ella parecía tan resignada a ser petaca, y siempre petaca!

petaca

---

*tutear,* tratar a otro de "tú".
*parentesco,* cualidad de pariente.
*sobrina,* hija de un hermano o hermana.

## 2

Resignada en absoluto no, porque más de una vez, en aquel año que precedió a lo que se va a referir, la bella muchachita demostró carácter y conciencia de persona libre. Su dueño ejercía sobre ella una autoridad endulzada, imponiéndole su firme voluntad.

Veintiún años contaba la joven cuando los deseos de libertad despertaron en ella con las reflexiones acerca de la extrañísima situación social en que vivía. Aún conservaba costumbres de chiquilla cuando tal situación comenzó; sus ojos no sabían mirar al futuro, y si lo miraban, no veían nada.

Para la fácil inteligencia de estas inquietudes de Tristana, conviene hacer toda la luz posible sobre don Lope para que no se le tenga por mejor ni por más malo de lo que era realmente. Poseía el caballero una moral especial, que no por ser suya dejaba de ser común, fruto del tiempo en que vivimos.

La bondad de don Lope estaba bien a la vista de todo el mundo: jamás tomó nada que no fuera suyo, y en cuestiones de intereses llegaba su bondad a extremos quijotescos. Para él en ningún caso dejaba de ser *vil* el dinero. La facilidad con que de sus manos salía indicaba el desprecio que por él sentía.

El punto de honor era para Garrido la razón de toda la ciencia del vivir, y ésta se completaba con diferentes negaciones.

Su desprecio del Estado, de la Justicia y de la Policía -aceptaba la Guardia Civil, aunque él, ¡qué demonio!

---

*vil,* que merece desprecio.

la hubiera organizado de otra manera-, se parecía al que sentía por los curas. A éstos no los podía ver ni escritos, el bueno de don Lope, porque no encontraba sitio para ellos en el concepto de sociedad que se había formado: «Los verdaderos curas somos nosotros, los que regulamos el honor y la moral, los que combatimos en pro del inocente, los enemigos del mal, de la injusticia y del vil dinero».

Siempre fue don Lope muy amigo de sus amigos y hombre que se esforzaba por ayudar a las personas que se veían en alguna necesidad grave. Por esta causa, Garrido sufrió considerables disminuciones en su fortuna. Su principio familiar de "dar la camisa por un amigo" no era una simple frase retórica.

Un amigo de la infancia, a quien amaba *entrañablemente*, de nombre don Antonio Reluz, puso a prueba la bondad del buen don Lope. Reluz, al casarse por amor con una joven distinguidísima, apartóse de las ideas y prácticas morales de su amigo y se dedicó a emplear en buenos negocios el dinero de su esposa. No le fue mal en los primeros años. Metióse en la compra y venta de una serie de cosas que Garrido miraba con desprecio. Hacia 1880, cuando ambos habían pasado la línea de los cincuenta, la estrella de Reluz se *eclipsó* de pronto, y no puso la mano en negocio que no resultara de perros. Un negocio de mala fe, un amigo falso, acabaron de perderle, hallándose de la noche a la mañana sin dinero, deshonrado y en la cárcel . . .

– ¿Lo ves? – le decía a su amigote – ¿Te convences ahora de que ni tú ni yo servimos para negociantes?

---

*entrañablemente,* aquí: de todo corazón.
*eclipsar,* apagar, dejar de dar luz.

Te lo advertí cuando empezaste y no quisiste hacerme caso. No pertenecemos a nuestra época, querido Antonio, somos demasiado buenos.

Reluz le oía sin responder nada, pensando cómo y cuándo se pegaría el tirito con el que pensaba poner fin a su horrible sufrimiento.

Pero Garrido no se hizo esperar y al punto salió con la idea de la camisa.

– Por salvar tu honra soy capaz de dar la ... En fin, ya sabes que es obligación, no favor, pues somos amigos de veras, y lo que yo hago por ti lo harías tú por mí.

Aunque las deudas de Reluz no eran *el oro y el moro,* pesaban lo bastante como para hacer desaparecer la fortunilla de don Lope. Éste, después de vender una casita que conservaba en Toledo, *se desprendió* también de todos sus cuadros antiguos.

– No estés triste – decía a su pobre amigo –. Yo no tengo hijos. Toma lo que poseo, que un pedazo de pan no ha de faltarnos.

Que Reluz oía estas cosas con emoción profunda, no hay para qué decirlo. Cierto que no se pegó el tiro ni había para qué; mas lo mismo fue salir de la cárcel y meterse en su casa, que coger una enfermedad de la que murió a los siete días.

Dejó una *viudita* inconsolable y una hija de diecinueve abriles, llamada Tristana.

---

*el oro y el moro,* de gran valor.
*desprenderse,* aquí: vender.
*viuda,* mujer a quien se le ha muerto el marido.

## 3

La viuda de Reluz había sido muy bella antes de los problemas de los últimos tiempos. Pero al envejecer, dos manías, entre otras muchas, la enfermaron: la manía de cambiarse de casa y la del aseo. Cada semana, o cada mes, cambiaba de casa, paseándose con sus muebles por cuantas calles y plazas hay en Madrid.

Quiso don Lope acabar con esta costosa manía; pero pronto se convenció de que era imposible. El corto tiempo que pasaba entre cambio y cambio empleábalo Josefina en lavar cuanto cogía por delante. No daba la mano a nadie, temerosa de que le pegasen enfermedades. Lavaba las alfombras, los muebles y hasta el *piano,* por dentro y por fuera. Con decir que lavaba los relojes está dicho todo. A su hija la bañaba tres veces al día, y el *gato* huyó de la casa al no poder aguantar los baños que su ama le imponía.

Con toda el alma sentía don Lope la locura de su amiga, y echaba de menos a la bella y dulce Josefina de otros tiempos, inteligente, educada, que hasta compuso algunos versitos de buena ley. Adoraba el teatro antiguo. Tuvo un hijo, muerto a los doce años a quien puso el nombre de Lisardo, y su niña debía el nombre de Tristana a la pasión por aquel arte noble que creó una sociedad ideal.

Todos aquellos elegantes gustos que la embellecían, añadiendo mil gracias a su encantadora inteligencia, desaparecieron de ella. Con la extraña manía de los cambios y del aseo, Josefina olvidó toda su edad pasada. Su memoria no conservaba ni una idea, ni un nombre,

---

*piano, gato,* ver ilustración en página 12.

piano
gato

ni una frase de todo aquel mundo maravilloso que tanto amó.

Un día quiso don Lope despertar los recuerdos de la infeliz señora, y vio la *estupidez* pintada en su rostro como si le hablaran de una existencia anterior a la presente. No comprendía nada, no se acordaba de cosa alguna.

Tristana contemplaba, conteniendo las lágrimas, aquel cuadro familiar y con expresivos ojos suplicaba al amigo de la casa que ayudara a la pobre enferma.

Lo peor era que el buen caballero aguantaba con paciencia los gastos de aquella familia, los cuales, con los numerosos cambios iban subiendo hasta las nubes.

Por fortuna, en uno de esos cambios de casa, llegó la hora a Josefina de entregar a Dios el alma. Ya sea por haber caído en una casa más fría, ya porque Josefina usó zapatos recién lavados, una grave enfermedad acabó sus tristes días.

Pero lo más negro fue que para pagar los gastos de la enfermedad don Lope tuvo que recurrir de nuevo a su disminuida fortuna, para lo cual tuvo que desprenderse de aquellas cosas que más quería, su *colección* de armas antiguas y modernas, reunida con tantísimo afán.

En la hora de morir, Josefina le encomendó a su hija, poniéndola bajo su protección y el noble caballero aceptó el encargo con alegría.

Tristana se fue a vivir con don Lope, y éste ... (hay que decirlo, por duro que sea), a los dos meses de llevársela aumentó con ella la lista ya larguísima de muchachas inocentes ganadas por el viejo caballero.

---

*estupidez,* tontería.
*colección,* conjunto de cosas de la misma clase o género.

# 4

Contento estaba el caballero con su adquisición, porque la chica era bonita, inteligente, de graciosos movimientos, fresca piel y encantadora charla. «Dígase lo que se quiera – decía para sí don Lope, recordando sus sacrificios por ayudar a la madre y salvar de la deshonra al papá –, bien me la he ganado. ¿No me pidió Josefina que la recogiera? Pues más protección no cabe. Bien defendida la tengo de todo peligro; que ahora nadie se atreverá a tocarle la ropa».

En los primeros tiempos, guardaba el caballero su tesoro con precauciones delicadas y amables; temía *rebeldías* de la niña, debido a la diferencia de edad, mayor sin duda de lo que las leyes del amor disponen. Le entraban temores; casi, casi sentía pesar en la conciencia. Pero esto duraba poco y la tranquilidad volvía de nuevo al caballero.

Por fin, la acción del tiempo disminuyó su entusiasmo, hasta llegar a una situación semejante a la de los matrimonios que han agotado el capital del amor. Es necesario advertir que ni por un momento se le ocurrió al caballero casarse con su víctima, porque no le gustaba el matrimonio.

Tristana aceptó aquella manera de vivir, casi sin darse cuenta. Su propia inocencia le cerraba los ojos y sólo el tiempo y su deshonra le dieron luz para medir y apreciar su triste situación.

Pasó la señorita de Reluz por aquella prueba difícil y en ella tuvo momentos de corta e incompleta felicidad.

---

*rebeldía,* acción de negarse a obedecer.

Don Lope dominaba su imaginación, sembrando en ella ideas que le hacían aceptar semejante vida. Lo más particular fue que Tristana, en los primeros tiempos, no dio importancia al hecho de que la edad del caballero casi triplicaba la suya.

Eran las gracias personales de Garrido de tan superior calidad, que al tiempo le costaba mucho trabajo destruirlas. A pesar de todo la idea de amor no podía durar: un día advirtió don Lope que había terminado la admiración que por él sentía la infeliz muchacha, y en ésta, al volver en sí produjo una terrible impresión, de la que había de tardar mucho en sanar. De golpe vio en don Lope al viejo ridículo.

Y no era don Lope tan viejo como Tristana lo sentía y menos un inútil. Pero el haber vivido juntos tanto tiempo produjo en la muchacha aquella impresión sin que el pobre de don Lope pudiera evitarlo con todo su arte y todo su talento.

Este despertar de Tristana no era más que el resultado de la crisis profunda que hubo de sufrir a los ocho meses, aproximadamente, de su deshonra y cuando cumplía los veintidós años.

Nuevos deseos nacieron en su alma.

Sorprendióse de los movimientos de su interior, de su inteligencia, que le decía: «Aquí estoy. ¿No ves cómo pienso cosas grandes?» Y a medida que se cambiaba en sangre y conciencia de mujer, la muñeca iba sintiendo desprecio a la miserable vida que llevaba bajo el poder de don Lope Garrido.

## 5

Y entre las mil cosas que aprendió Tristana en aquellos días, sin que nadie se las enseñara, aprendió también a *disimular*. Era que don Lope, sin que ninguno de los dos se diese cuenta de ello, habíala hecho su alumna, y algunas de las ideas que nacieron en la mente de la joven *procedían* de su amante y, por desgracia, maestro.

La señorita y la criada eran buenas amigas. Sin la compañía de Saturna, la vida de Tristana habría sido inaguantable. Charlaban trabajando, y en los descansos charlaban más todavía. Refería la criada sucesos de su vida, pintándole el mundo y los hombres con verdadero *realismo*.

– Mira, tú – decía Tristana a la que más que criada, era para ella una fiel amiga –, no todo lo que este mal hombre nos enseña es falso, y algo de lo que habla es mucha verdad … Porque lo que es talento, no se puede negar que le sobra. ¿No te parece a ti que lo que dice del matrimonio es la pura razón? Yo …, creo como él que eso de unirse a otra persona por toda la vida es invención del diablo … ¿No lo crees tú? Te reirás cuando te diga que no quisiera casarme nunca, que me gustaría vivir siempre libre. Ya, ya sé lo que estás pensando: que después de lo que me ha pasado con este hombre, y siendo pobre como soy, nadie querrá casarse conmigo. ¿No es eso, mujer, no es eso?

– ¡Ay, no, señorita, no pensaba tal cosa! – respondió Saturna –. Siempre se encuentran unos pantalones para

---

*disimular,* aquí: ocultar sus acciones.
*proceder,* venir de.
*realismo,* aquí: tal como es una cosa.

todo, hasta para casarse. Yo me casé una vez, y no me pesó, pero no volveré a hacerlo. Libertad, tiene razón la señorita; libertad, aunque esta palabra no suena bien en boca de mujeres. Si tuviéramos oficios y carreras las mujeres como los tienen los hombres, anda con Dios. Pero, fíjese, sólo tres carreras pueden seguir las que visten faldas: o casarse, que carrera es, o el teatro... que es buen modo de vivir, o ... no quiero nombrar lo otro. Figúreselo.

– Pues mira tú, de esas tres carreras, únicas de la mujer, la primera me agrada poco; la tercera, menos; la de en medio la seguiría yo si tuviera facultades; pero me parece que no las tengo ... Ya sé, ya sé que es difícil eso de ser libre... Y honrada. ¿Y de qué vive una mujer no poseyendo bienes? Cuando pienso lo que será de mí, me dan ganas de llorar. No valgo para estar encerrada toda la vida. Yo quiero vivir, ver mundo y enterarme de por qué y para qué nos han traído a esta tierra en que estamos. Yo quiero vivir y ser libre ... Dí otra cosa: ¿y no puede una ser *pintora* y ganarse el pan pintando cuadros bonitos? Los cuadros valen muy caros. Por uno que sólo tenía unos árboles secos, dio mi papá mil pesetas. Conque ya ves. ¿Y no podría una mujer meterse a escribir libros, Señor? Pues a mí me parece que esto es fácil. Puedes creerme que estas noches últimas, no sabiendo cómo pasar el tiempo, he inventado no sé cuantos libros de los que hacen reír y otros de los que hacen llorar, y qué sé yo. Lo malo es que no sé escribir... quiero decir, con buena letra; hago muchas faltas de gramática y hasta de ortografía. Pero ideas, lo que llamamos ideas, creo que no me faltan.

---

*pintora,* sustantivo femenino de pintar.

– ¡Ay, señorita – dijo Saturna sonriendo y alzando sus admirables ojos negros – qué engañada vive si piensa que todo eso puede dar de comer a una señora honesta en libertad! Eso es para hombres, y aun ellos ... Pepe Ruiz, el hermano de mi marido, que es un hombre muy sabido en la materia, como que trabaja en donde hacen las letras para imprimir, nos decía que entre los autores todo es hambre y necesidad y que aquí no se gana el pan con el *sudor* de la frente, sino con el de la lengua;

---

*sudor,* líquido que sale a través de la piel del cuerpo.

más claro: que sólo lo ganan los políticos que se pasan la vida echando discursos. ¿Trabajitos de cabeza? ... ¡Quítese usted de ahí! ¿Libros para reírse o llorar? Conversación.

– Pues yo te digo que hasta para eso del Gobierno y la política me parece a mí que había de servir yo. No te rías. Sé pronunciar discursos. Es cosa muy fácil. Con leer un poquitín, en seguida sé lo bastante para llenar medio periódico.

– ¡Vaya por Dios! Para eso hay que ser hombre, señorita.

– Es que vivimos sin movimiento, atadas ... También se me ocurre que yo podría estudiar lenguas. No sé más que un poquito de francés que me enseñaron en el colegio y lo voy olvidando. ¡Qué gusto hablar inglés, alemán, italiano! Me parece a mí que si me pusiera, lo aprendería pronto. Me noto ..., no sé cómo decírtelo ..., me noto como si supiera ya un poquitín antes de saberlo, como si en otra vida hubiera sido yo inglesa o alemana y me quedara algo ...

– Pues eso de las lenguas – afirmó Saturna – sí que le convendría aprenderlo, porque la que da lecciones lo gana, y además es un gusto poder entender todo lo que hablan los extranjeros. Bien podría el amo ponerle un buen profesor.

– No me nombres a tu amo. No espero nada de él. No sé, no sé cuando terminará esto, pero de alguna manera ha de terminar.

La señorita calló. Pensando en la idea de abandonar la casa de don Lope, oyó en su mente el ruido de Madrid, vio luces que a lo lejos *resplandecían* y se sintió feliz por

---

*resplandecer,* dar luz, brillar.

el sentimiento de su independencia. ¡Cuán sola estaría en el mundo fuera de la casa de su pobre y viejo señor! No tenía parientes, y las dos únicas personas a quienes tal nombre pudiera dar hallábanse muy lejos: su tío don Fernando, en Filipinas; el primo Cuesta en Mallorca, y ninguno de los dos había mostrado nunca ganas de recogerla.

– No piense cosas tristes – le dijo Saturna, pasándole la mano por delante de los ojos.

## Preguntas

1. ¿Cuál es el verdadero nombre de don Lope?
2. Describa a don Lope.
3. Describa las experiencias amorosas de don Lope.
4. ¿Cuántas mujeres viven en casa de don Lope? ¿Quiénes son?
5. ¿Qué le sucedió al padre de Tristana?
6. Describa la bondad de don Lope con don Antonio Reluz.
7. ¿Qué manías tenía la madre de Tristana?
8. Describa a la madre de Tristana en su juventud.
9. ¿Cómo era Tristana?
10. ¿Por qué odiaba Tristana a don Lope?

# 6

– Pues ¿en qué quieres que piense? ¿En cosas alegres? Dime dónde están, dímelo pronto.

Para alegrar la conversación, Saturna contaba sucesos e historias de la sociedad madrileña. Algunas noches hasta hablaban mal de don Lope, y de la vida del viejo Don Juan sacaban las dos mujeres materia para reírse y pasar el rato.

Sin embargo, don Lope fue siempre con Tristana todo lo *generoso* que su *pobreza* cada vez mayor le permitía. Llegó un día que esta pobreza mostró toda la fealdad seca de su cara de muerte. En los cortos tiempos que bien podríamos llamar felices, Garrido la llevababa al teatro alguna vez, mas la necesidad les obligó a suprimir todo espectáculo público.

Los horizontes de la vida se cerraban cada día más delante de la señorita de Reluz y aquella casa, fría de afectos, pobre, vacía en absoluto de ocupaciones agradables, le hacía daño en su espíritu. Porque la casa se iba poniendo fea y triste y todo anunciaba pobreza. En el salón sólo quedaban algunos muebles viejos y feísimos. En las paredes no quedaba ya ningún cuadro y en el comedor no había más muebles que una mesa y unas sillas rotas. Sólo el cuarto de Tristana, *inmediato* al de su dueño, gracias a su fantasía, se defendía de la pobreza y fealdad del resto de la casa.

La tristeza de su miseria se notaba no poco en don Lope. Su cabello, que a los cuarenta empezó a blanquear,

---

*generoso,* que da todo lo que tiene.
*pobreza,* cualidad de pobre.
*inmediato,* que está junto, al lado.

se había conservado espeso y fuerte; pero ahora empezaba a caérsele. El rostro de soldado de Flandes iba perdiendo sus líneas severas y el cuerpo no podía conservar su *esbeltez* de *antaño* sin la ayuda de una férrea voluntad.

Comunmente, si al entrar de noche en casa encontraba despiertas a las dos mujeres, charlaba con ellas, corto con Saturna a quien mandaba que se acostase, largo con Tristana. Pero llegó un tiempo en que casi siempre entraba silencioso y de mal humor y se metía en su cuarto, donde la infeliz Tristana tenía que aguantar su tos.

Otras veces, al llegar la noche, cuando el viejo y la niña se quedaban solos, la interrogaba constantemente sobre lo que hacía durante el día y una vez llegó a decirle:

– Si te sorprendo en algún mal paso, te mato, cree que te mato. Porque yo lo sé, lo sé, para mí no hay secretos; poseo una experiencia ... que no es posible engañarme.

---

*esbeltez,* cualidad de *esbelto:* cuerpo delgado y alto.
*antaño,* de otros tiempo, de antes.

# 7

Algo se asustaba Tristana, sin llegar a sentir terror de las *amenazas* de su dueño. La tranquilidad de su conciencia dábale valor contra don Lope, y ni aún se cuidaba en obedecerle en sus infinitas prohibiciones. Aunque le había ordenado no salir de paseo con Saturna, lo hacía casi todas las tardes; pero no iban a Madrid, sino hacia Cuatro Caminos, el Canalillo, o hacia el Hipódromo; paseo de campo con meriendas las más de las veces. Eran los únicos ratos de su vida en que la pobre Tristana olvidaba su tristeza y gozaba de ellos con abandono de niña, corriendo, saltando y jugando cuando les acompañaba alguna amiguita.

Los domingos, el paseo era de muy distinto carácter. Tras las lluvias de septiembre, trajo el año aquel un octubre maravilloso. Los domingos no quedaba nadie en casa y todas las calles de Chamberí y los lugares vecinos al Hipódromo se llenaban de gente.

Un domingo de aquel hermoso octubre, Tristana vio a un hombre y al cruzarse la mirada con aquel sujeto, pues en ambos el verse y mirarse fueron una acción sola, sintió un temblor interno. ¿Qué hombre era aquél? Habíale visto antes, sin duda; no recordaba cuándo ni dónde, allí o en otra parte; pero aquélla fue la primera vez que al verle sintió una gran sorpresa, mezclada de alegría y miedo. Volviéndole la espalda, habló con Saturna para convencerle del peligro de jugar con fuego y oía la voz del desconocido hablando con otros amigos de cosas que ella no pudo entender. Al mirarle de nuevo

---

*amenaza,* acción de amenazar.

encontró los ojos de él que la buscaban. Sintió miedo y se apartó de allí, no sin dirigirle desde lejos otra miradita, deseando examinar con los ojos de mujer al hombre para ver si era rubio o moreno, si vestía con gracia, si tenía aires de persona importante, pues de nada de esto se había enterado aún: era joven, alto y vestía como persona elegante. Todo lo observó *en un decir Jesús,* y la verdad, el caballero aquel, o lo que fuese, le resultaba simpático ... muy moreno, con barba corta ...

La imagen del individuo *persistió* en el pensamiento de Tristana, y al día siguiente, ésta, de paseo con Saturna, le volvió a ver. Iba con el mismo traje, pero llevaba al cuello un pañuelo blanco. Miróle fijamente, contenta de verle, y él la miraba también. «Parece que quiere hablarme – pensaba la joven –. Y verdaderamente no sé por qué no me dice lo que tiene que decirme».

Por la noche no pudo dormir tranquila, y al no atreverse a comunicar a Saturna lo que sentía, se declaraba a sí propia las cosas más graves. «¡Cómo me gusta ese hombre! No sé que daría porque se atreviera ... No sé quién es, y pienso en él noche y día. ¿Qué es esto? ¿Estoy yo loca? Yo no sé lo que es esto; sólo sé que necesito que me hable, o que me escriba. No me asusta la idea de escribirle yo, o de decirle que sí antes que él me pregunte ... ¡Qué locura! Pero ¿quién es? Bien se ve que es una persona que no se parece a las demás personas. Es solo, único ..., bien claro está. No hay otro. ¡Y encontrar yo el único, y ver que este único tiene más miedo que yo y no se atreve a decirme que soy su única! No, no, yo le hablo, le hablo ... me acerco, le pregunto qué

---

*en un decir Jesús,* muy rápidamente.
*persistir,* aquí: quedar.

hora es, cualquier cosa ... ¡Vaya una tontería! ¡Qué pensaría de mi! Tendríame por una mujer ligera. No, no, él es el que debe romper ...»

A la tarde siguiente, ya casi de noche, viniendo señorita y criada en el *tranvía,* ¡él también! Le vieron subir en la glorieta de Quevedo; pero como había bastante gente tuvo que quedarse de pie en la *plataforma delantera.* Tristana sentía tal sensación en su pecho, que a ratos tenía que ponerse en pie para respirar. La idea de que al bajar del tranvía, el joven se decidiera a romper el silencio la llenaba de temor y de alegría ¿y qué iba a contestar ella? Pues, señor, no tenía más remedio que mostrarse muy sorprendida, negar, enfadarse y qué sé yo ... Esto era lo bonito y natural. Bajaron y el caballero las siguió a distancia. No se atrevía Tristana a volver la cabeza, pero Saturna se encargaba de mirar por las dos. Deteníanse, a veces, para mirar las tiendas ..., y nada. El joven ... sin decir palabra.

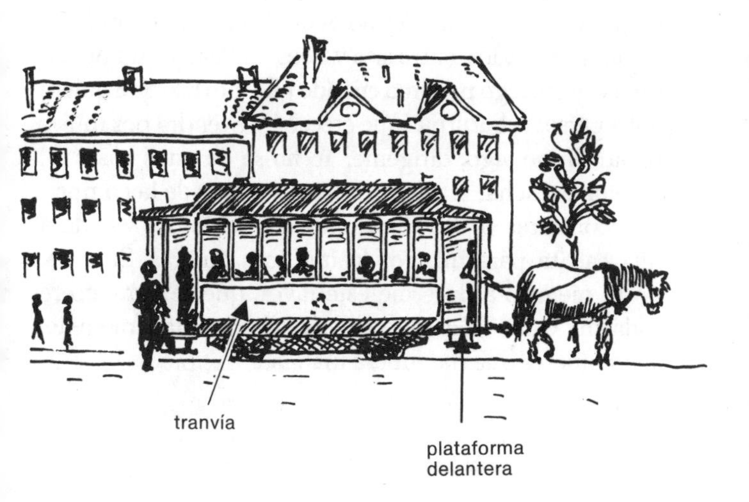

Como en una de las paradas observara Saturna que la joven y el caballero no distaban un *palmo,* se apartó sin decir palabra. «Gracias a Dios – pensó mirándoles desde lejos –; ya era hora: hablando están».

¿Qué dijo Tristana al sujeto aquel? No se sabe. Sólo consta que Tristana le contestó a todo que sí, ¡sí, sí! cada vez más alto, como persona que pierde el sentido de la realidad.

Cuando Tristana volvió al lado de Saturna, se llevó la mano a la cabeza y temblando dijo:

– Pero ¡si estoy loca! .. Me he vendido, Saturna ... ¡Qué pensará de mí! Sin saber lo que hacía..., a todo cuanto me dijo le contesté que sí ..., pero cómo ..., ¡ay! no sabes ... sin dejar de mirarle a los ojos. Los suyos me quemaban. Si me creerá tonta ... La verdad se me sale a los labios. ¿Es esto estar enamorada? Sólo sé que le quiero con toda mi alma, y así se lo he dado a entender; le quiero sin conocerle, sin saber quién es ni cómo se llama. Yo entiendo que los amores no deben empezar así..., al menos no es eso lo corriente, sino que vayan por grados, entre síes y noes ... Pero yo no puedo ser así, y entrego mi alma cuando ella me dice que quiere entregarse ... Saturna ¿qué crees? ¿Me tendrá por mujer mala? Dime algo, dirígeme. Yo no sé de estas cosas ... Espera, escucha; mañana, cuando vuelvas de la compra, le encontrarás en ese sitio donde nos hablamos y te dará una cartita para mí. Por lo que más quieras, Saturna, no te niegues a hacerme este favor, que te agradeceré toda mi vida. Tráeme, por Dios, el papelito, tráemelo, si no quieres que me muera mañana.

---

*palmo,* medida de longitud = 21 centímetros.

# 8

«Te quise desde que nací ...» Esto decía la primera carta ..., no, no, la segunda, que fue precedida de una *breve entrevista* en la calle y en la cual los amantes se tutearon como si no existiesen, ni existir pudieran otras formas de tratamiento. Maravillóse ella al ver de nuevo al caballero. Cuando se fijó en él, la primera tarde, túvole por un señor, sí, como de treinta o más años. ¡¡Qué tonta!! ¡Si era un muchacho!... Y su edad no pasaría seguramente de los veinticinco.

«Te estoy queriendo, te estoy buscando desde antes de nacer – decía la tercera carta de ella –. No formes mala idea de mí. Quiéreme como soy».

Y él a ella: «El día que te descubrí fue el último de un largo *destierro*».

Ella: «Si algún día encuentras en mí algo que no te agrade, no me lo digas. Eres bueno, y si por cualquier motivo dejas de quererme o de amarme, me engañarás, ¿verdad? haciéndome creer que soy la misma para ti. Antes de dejar de amarme, dame la muerte mil veces».

Y después de escribir estas cosas no se venía el mundo abajo. Al contrario, todo seguía lo mismo en la tierra y en el cielo. Pero, ¿quién era él, quién? Horacio Díaz, hijo de español y de *austríaca;* nació en el mar, *navegando* los padres desde Fiume a la Argelia; criado en Orán

---

*breve,* corto.
*entrevista,* reunión de dos o más personas para tratar de asuntos.
*destierro,* acción de *desterrar,* obligar a alguien a marcharse de su país.
*austríaca,* natural de Austria.
*navegar,* ir una persona o un barco por el agua.

hasta los cinco años, en Savannah (Estados Unidos) hasta los nueve, en Shanghai (China) hasta los doce, por ser hijo de un padre cónsul. Con tantas idas y venidas por el mundo, perdió a su madre a los doce años, y a su padre a los trece, yendo a parar después a poder de su *abuelo paterno,* con quien vivió quince años en Alicante.

Para más noticias, óiganse las que dio Saturna:

– Señorita..., ¡qué cosas! Voy a buscarle, pues así quedamos en ello, al número cinco de la calle esa de más abajo ... y tengo que subir una larga escalera. Me había dicho que a lo último, y yo para arriba siempre. ¡Qué risa! Casa nueva, pisos y más pisos, y al fin ... Figúrese un cuarto muy grande, con un ventanón por donde entra toda la luz del cielo, las paredes de color rojo, y en ellas cuadros, cabezas sin cuerpo, brazos sin personas y todo con el mismísimo color de nuestra carne. ¡Qué risa! Y él allí, con la carta ya escrita. Como soy tan curiosona, quise saber si vivía en aquel piso con tanta luz, y me dijo que no y que sí, pues ... Duerme en casa de una tía suya; pero todo el día se lo pasa acá, y come en uno de los restaurantes de junto al Depósito.

– Es pintor; ya lo sé – dijo Tristana feliz –. Eso que has visto es un estudio, tonta. ¡Ay, qué bonito será!

Además de escribirse cartas a diario con verdadero deseo, se veían todas las tardes. Tristana salía con Saturna, y él las aguardaba un poco más acá de Cuatro Caminos. La criada los dejaba partir solos, *de bracete,* olvidados del mundo, viviendo el uno para el otro y soñando paso a paso.

---

*abuelo paterno,* padre del padre.
*de bracete,* aquí: cogidos del brazo.

# 9

Regresaban siempre a hora fija, para que ella no tuviese problemas en casa, y sin cuidarse de Saturna que los esperaba, iban del brazo por el camino de Aceiteros.

– Desde que te quiero – decía Tristana –, no tengo miedo de nada.

Entre aquellos edificios humildes, esperábalos Saturna, y allí era la separación, algunas noches tan dolorosa y triste como si Horacio se marchara para el fin del mundo, o Tristana se despidiera para siempre.

Aún se miraban de lejos, adivinándose, más que viéndose, entre las sombras de la noche.

## 10

Tristana, según decía a Horacio, no tenía miedo de nada; pero no era verdad porque tenía miedo de don Lope. La enemistad entre la muchacha y el viejo Garrido aumentaba de día en día. Don Lope gritaba como un loco, y ella le ocultaba, de acuerdo con Saturna, las salidas de las tardes cuando el viejo Don Juan le decía con rostro serio: «Tú sales, Tristana, sé que sales; te lo conozco en la cara». Si al principio lo negaba la niña, luego lo afirmaba con su silencio. Un día se atrevió a responderle:

– Bueno, pues salgo, ¿y qué? He de estar encerrada toda mi vida?

Don Lope, de mal humor, le decía:

– Porque nada tendrá de particular que, si sales, te moleste algún jovencillo de esos que andan por ahí, y que tú, a fuerza de oír tonterías, le hagas caso. Mira, niñita, mira que no te perdono. Si me faltas que sea con un hombre digno de mí. ¿Y dónde está ese hombre? En ninguna parte, ¡vive Dios! Cree que no ha nacido ... ni nacerá. Así y todo, tú misma reconocerás que no se me engaña a mí tan facilmente ... Ven acá: basta de malas caras. ¡si creerás que no te quiero ya! ¡Cómo me echarías de menos si te fueras de mí! No encontrarías más que tipos sin valor ... Vaya, hagamos las paces. Perdóname si dudé de ti. No, no, tú no me engañas. Eres una mujer muy buena.

Tristana, cansada de la compañía de don Lope, contaba los minutos esperando el momento en que éste solía echarse a la calle. Causábale terror la idea de que cayese enfermo, porque entonces no saldría, ¡Dios bendito!, y ¿qué sería de ella, encerrada, sin poder... ? No, no esto era imposible. Habría paseíto, aunque don Lope enfermase o se muriera. Por las noches, casi siempre *fingía* dolor de cabeza para retirarse pronto de la vista del viejo Don Juan.

– Y lo raro es – pensaba la niña – que si este hombre comprendiera que no puedo quererlo, si dasapareciese la palabra amor de nuestras conversaciones, y estableciera entre los dos otro parentesco ..., yo le querría, sí, señor, le querría, no sé cómo, como se quiere a un buen amigo, porque él no es malo. Hasta le perdonaría todo de corazón, sí, sí, con tal que me dejase en paz, y yo le perdonaré y le tendré *cariño* como las hijas demasiado humildes que parecen criadas, o como las *sirvientas* fieles, que ven un padre en el amo que las da de comer.

Felizmente para Tristana, Garrido gozaba de buena salud, desapareciendo los temores de que se quedara en casa por las tardes. Al propio tiempo volvió don Lope a poner en el cuidado de su persona un *esmero* señoril, como en sus mejores tiempos. Ambas mujeres dieron gracias a Dios por esta feliz vuelta a las antiguas costumbres, y aprovechando las ausencias del viejo, entregóse la niña al feliz goce de sus paseítos con el hombre que amaba, el cual, por no variar, llevaba un coche las más de las tardes, y metiéndose los dos en él, se alejaban de Madrid hasta casi perderlo de vista.

Horacio, durante el paseo, le rogaba siempre que subiera con él al estudio para pasar juntos la tarde.

---

*fingir,* disimular.
*cariño,* afecto.
*sirvienta,* criada.
*esmero,* cuidado, atención.

¡Poquitas ganas tenía ella de ver el estudio! Pero tan grande como su deseo era su temor de sentirse en él tan bien, que no pudiera abandonarlo. Adivinaba lo que en la vivienda de su amado podía pasarle; es decir, no lo adivinaba, lo veía tan claro que más no podía ser. Y temía ser menos amada después de lo que allí sucediera.

Como el amor había encendido nuevas luces en su inteligencia, pudo exponer a su amante aquellos temores. Él la comprendía. Con todo, no dejaba de insistir en su deseo de llevarla al estudio.

– ¿Y si nos pesa después? – decía ella –. Temo la felicidad, pues cuando me siento dichosa, paréceme que el mal me persigue. El amor es sacrificio y para el dolor debemos estar preparados siempre. Suframos un poquitín, seamos buenos ...

– No, lo que es a buenos no hay quien nos gane – decía Horacio con gracia –. Y eso de imponernos sufrimientos es música, porque bastantes trae la vida sin que nadie los busque. Por eso, yo cuando veo el bien en la puerta, lo llamo y no lo dejo marcharse, no sea que después, cuando lo necesite, no quiera venir ...

Con estas dulces conversaciones iban ganando tiempo, y alimentaban su pasión.

## Preguntas

1. ¿Qué solía hacer don Lope cuando volvía tarde a casa?
2. ¿Por qué amenaza don Lope a Tristana?
3. Describa las salidas de las tardes de Tristana y Saturna.
4. ¿Cómo reacciona Tristana al ver por primera vez a Horacio?
5. ¿Cuándo habló por primera vez Tristana con Horacio?
6. Describa la reacción de Tristana después de haber hablado con Horacio.
7. ¿Qué nos dice el autor de la vida de Horacio?
8. ¿Qué hacían Horacio y Tristana por las tardes?
9. Describa la escena entre Tristana y don Lope cuando éste le pregunta si salía de casa.
10. ¿Por qué se negaba Tristana a acompañar a Horacio al estudio?

## II

Tristana deseaba confiar a Horacio los hechos tristes de su vida y no se sentía dichosa hasta no hacerlo. Al conocer a la muchacha, creyóla Horacio, como algunas gentes de Chamberí, hija de don Lope. Pero Saturna, al llevarle la segunda carta, le dijo:

– La señorita es casada, y ese don Lope, que usted cree papá, es su propio marido.

Así quedaron las cosas, y siempre que ante Tristana decía Horacio: «Tu marido acá, tu marido allá...» ella no se daba prisa en destruir el error. Pero un día, al fin, Tristana, ahogada de tristeza y de dolor, se determinó a poner las cosas en su lugar:

– Te estoy engañando, y no debo ni quiero engañarte. La verdad se me sale. No estoy casada con mi marido..., digo, con mi papá ..., digo, con ese hombre ... Un día y otro pensaba decírtelo; pero no me salía, hijo, no me salía ... Ignoraba, ignoro aún, si lo sientes o te alegras, si valgo más, o valgo menos a tus ojos ... Soy una mujer deshonrada, pero soy libre. ¿Qué prefieres? ... ¿Que sea una casada infiel, o una muchacha que ha perdido su honor? De todas maneras creo que, al decírtelo, me lleno de deshonra ..., y no sé ..., no sé ...

No pudo concluir, y rompiendo en lágrimas amargas, ocultó el rostro en el pecho de su amigo. Largo rato duró aquella escena. Ninguno de los dos decía nada. Por fin, preguntó ella:

– ¿Me quieres más, o me quieres menos?

– Te quiero lo mismo ..., no, más, más, siempre más.

Tristana le contó el cómo y cuándo de su deshonra. Lágrimas sin fin cayeron de sus ojos aquella tarde. Pero nada ocultó su *sinceridad*, como medio seguro de *purificarse*.

– Recogióme cuando quedé sin padres. El fue, justo es decirlo, muy bueno con ellos. Yo le admiraba y le quería; no sospechaba lo que iba a pasar. La *sorpresa* no me permitió resistir. Era yo entonces un poco más tonta que ahora, y ese hombre maldito me dominaba, haciendo de mí lo que quería. ¡Lo que he llorado, Dios mío!... ¡Las lágrimas que me ha costado el verme como me veo ...! Y cuando te quise dábanme ganas de matarme, porque no podía ofrecerte lo que tú te mereces ... ¿Qué piensas? ¿Me quieres menos o me quieres más? Dime que más, siempre más. No, si no le quiero ni le he querido nunca. Para expresarlo todo de una vez, añadiré que desde que te conocí empecé a sentir hacia él un terrible *odio* ... Después ... ¡Ay Jesús, me pasaron cosas tan raras ...! A veces paréceme que siento hacia él un odio tan grande como el mal que me hizo; a veces ... siento hacia él cierto cariño, como de hija, y me parece que si él me tratara como debe, como un padre, yo le querría ... Porque no es malo, no vayas a creer que es muy malo, muy malo ... No; allí hay de todo. Ha sido muy *afortunado* en amores. Sus *conquistas* son tantas que no se pueden contar. ¡Si tú supieras ...! A mí me ha tocado ser la última ...

Oyó Díaz estas cosas con *indignación* y lo único que se

---

*sinceridad,* hablar o hacer mostrando lo que se piensa o se siente.
*purificar(se),* aquí: limpiar su alma, su interior.
*sorpresa,* impresión causada por una cosa que no se espera.
*odio,* sentimiento contrario al amor.
*afortunado,* que tiene mucha suerte.
*conquista,* aquí: ganar la voluntad de una mujer.
*indignación,* acción de enfadarse mucho.

le ocurrió decir a su amada fue que debía romper cuanto antes aquellas relaciones, a lo que contestó la niña muy triste que era esto más fácil de decir que de practicar; pero Horacio le respondió que debía actuar con firmeza.

Volvió Tristana a su casa en un estado moral lastimoso, dispuesta a cometer cualquier tontería. Cuando vio llegar al viejo Don Juan lleno de humor y sonriente, entróle tal rabia que de buena gana le hubiera tirado a la cabeza el plato de la sopa. Durante la comida, don Lope estuvo hablador con Saturna, diciéndole entre otras cosas:

– Ya sé que tienes un *novio* aquí en Madrid, el que llaman "Juan y Medio", por lo largo que es ... ya sabes. Me lo ha dicho Pepe, el del tranvía. Por eso, a la caída de la tarde, andas por esos caminos, buscando los lugares oscuros.

– Yo no tengo nada con "Juan y Medio", señor ... Que me quiera él ..., no sé; podrá ser. Otros que valen más que él van detrás de mí ..., hasta señoritos. Pues qué, ¿se cree que sólo él tiene quien le quiera?

Seguía Saturna la *broma,* mientras Tristana se requemaba interiormente, y lo poco que comió se le volvía *veneno.* A don Lope no le faltaba *apetito* aquella noche.

Terminada la comida, retiróse a su cuarto, llamando a Tristana para que le hiciera compañía, y sentándose en un sillón, le dijo estas palabras, que hicieron temblar a la joven:

– No es sólo Saturna la que tiene un *idilio* por las

---

*novio,* se llama a la persona que mantiene relaciones amorosas con intención de casarse.
*broma,* dicho o hecho no serio.
*veneno,* líquido que produce la muerte.
*apetito,* gana de comer.
*idilio,* = *relación,* trato amoroso entre dos personas.

noches en Madrid. Tú también lo tienes. No, si nadie me ha dicho nada ... Pero te lo conozco; hace días que te lo leo ... en la cara, en la voz.

Tristana *palideció*. Parecía una muerta hermosísima. Puso, al fin, en su cara una sonrisilla no natural, y contestó:

– Te equivocas ..., yo no tengo ...

---

*palidecer,* ponerse pálido.

– Lo sé – añadió don Lope –. Tengo mucha experiencia en estas cosas y no ha nacido todavía la persona que me engañe y se ría de mí. Tristana, tú has encontrado por ahí un idilio; te lo conozco en tu manera de mirar, de hablar, en mil cosas ... Soy perro viejo, y sé que toda joven de tu edad, si se echa diariamente a la calle, se encuentra con un idilio. Ello será de una manera o de otra. Ignoro cómo es el tuyo; pero no me lo niegues, por tu vida.

Tristana volvió a negar; pero tan mal, tan mal, que más le valiera callarse. Los ojos del viejo Don Juan, fijos en ella, la llenaban de terror y le hacían difícil mentir. Para librarse de aquella mirada, repitió sus negaciones.

– Bueno, defiéndete como puedas – dijo el caballero –, pero no te creo. Te *aviso* con tiempo, Tristana, para que adviertas tu error y vuelvas al buen camino, porque a mí no me gustan estos idilios callejeros, que pienso serán hasta ahora juegos inocentes. Porque si fueran otra cosa ...

Echó al decir esto una mirada tan viva y amenazante sobre la pobre joven, que Tristana se retiró un poco, como si en vez de ser una mirada fuera la mano la que sobre su rostro venía.

– Mucho cuidado, niña – añadió el caballero –. Óyelo bien, nadie en el mundo hasta la hora presente se ha reído de mí. Todavía no soy tan viejo para aceptar ciertas cosas, muchacha ... Conque no te digo más. En último caso tengo autoridad para apartarte de tu error,

---

*avisar,* decir, anunciar algo.

y si otra cosa no te gusta, me declaro padre, porque como padre tendré que hablarte si es necesario. Tu mamá te confió a mí para que te protegiese, y te protegeré contra toda clase de peligros, y defenderé tu honor ...

Al oír esto, la señorita de Reluz no pudo contenerse y le dijo:

– ¿Qué hablas ahí de honor? Yo no lo tengo: me lo has quitado tú, me has perdido.

Rompió a llorar tan amargamente, que don Lope cambió inmediatamente de tono y de expresión. Llegóse a ella y tomándole las manos se las besó.

– Hija mía, verdad que ... Sí, tienes razón ... Pero bien sabes que no puedo mirarte como a una de tantas, a quienes ... No, no es eso, Tristana.

– ¡*Hipócrita,* falso, *embustero!* – exclamó la muchacha, sintiéndose fuerte.

– Bueno, hija, dime cuantas cosas quieras, pero déjame hacer contigo lo que no he hecho con mujer alguna, mirarte como un ser querido ..., esto es bastante nuevo para mí ..., como un ser de mi propia sangre ... ¿Que no lo crees?

– No, no lo creo.

– Pues ya te irás enterando. Por de pronto conozco que andas en malos pasos. No me lo niegues, por Dios. Dime que es tontería, cosa sin importancia; pero no me lo niegues. Chiquilla, cuidado, vuelve en ti. No se hablará más de ello si me prometes ser buena y fiel; pero si me engañas ...

– Todo es mentira – dijo Tristana por decir algo –; yo no he pensado en ...

---

*hipócrita,* persona que siempre disimula o finge.
*embustero,* que no dice la verdad.

– Allá veremos. Con lo hablado basta. Eres libre para salir y entrar cuando gustes; pero te advierto que a mí no se me puede engañar ... Te miro como esposa y como hija, según me convenga. *Invoco* la memoria de tus padres ...

– ¡Mis padres! – exclamó la niña, mirándole con odio –. ¡Si *resucitaran* y vieran lo que has hecho con su hija! ...

– Sabe Dios si sola en el mundo o en otras manos que las mías tu suerte habría sido peor – constestó don Lope –. Lo bueno, lo perfecto, ¿dónde está? Gracias que Dios nos concede lo menos malo y el bien relativo. Yo no deseo que me tomes por un santo; te digo que veas en mí al hombre que te quiere con cuantas clases de cariño puedan existir, al hombre que te apartará del mal, y ...

– Lo que veo – interrumpió Tristana – es un *egoísmo monstruoso,* un egoísmo que ...

– El tonillo que tomas – dijo Garrido, severo –, me da la razón, chiquilla loca. Idilio tenemos, sí. Hay algo fuera de casa que te hace odiar lo de dentro y hace nacer en ti ideas de libertad. Eres demasiado inocente. Yo no puedo haber sido para ti un mal padre. Pues mira, ahora quiero ser padre bueno. No te prohibiré que salgas de casa, hija mía, porque esa prohibición es indigna de mí. Pero si no te prohibo que salgas, te digo también que no me agrada verte salir.

Causaron impresión a la joven las palabras del viejo Don Juan, y se retiró para llorar a solas, allá en la cocina.

---

*invocar,* aquí: recordar.
*resucitar,* volver a la vida después de muerto.
*egoísmo,* desear todo lo bueno para sí mismo.
*monstruoso,* excesivamente grande.

Pero no había pasado media hora, cuando don Lope la llamó:

– Te he llamado, hija mía – le dijo, sentando a la muchacha sobre sus rodillas –, porque no quería acostarme sin charlar algo más. Sé que no he de dormir si me acuesto dejándote enfadada ... Conque vamos a ver ..., cuéntame tu idilio.

– No tengo ninguna historia que contar – contestó Tristana.

– Bueno, pues yo lo *descubriré*. No, no te riño. ¡Si aún siendo mala conmigo tengo mucho que agradecerte! Me has querido en mi *vejez,* me has dado tu juventud, tu honor. Reconozco que he sido malo para ti. No me puedo convencer de que soy viejo, porque Dios parece que me pone en el alma un sentimiento de eterna juventud ... ¿Qué dices a esto? ¿Qué piensas? ¿Te ríes de mí? ... Ríete todo lo que quieras; pero no te alejes de mí. Yo sé que no puedo *dorar* tu cárcel porque soy pobre. Es la pobreza también una forma de vejez; pero ésta la acepto menos que la otra. Tú mereces vivir como una princesa y te tengo aquí como una pobrecita. No puedo vestirte como quisiera. Gracias que tú estás bien de cualquier modo. Y en nuestra miseria siempre eres y serás estrella. Pero no puedo quejarme de mi pobreza porque me quedas tú, que vales más que todo lo que he perdido.

Emocionada por las nobles expresiones del viejo caballero, Tristana no supo cómo contestarlas, por no parecer desagradecida, ni tampoco amable, temerosa de las consecuencias.

---

*descubrir,* hallar, encontrar.
*vejez,* cualidad de viejo.
*dorar,* verbo derivado del sustantivo "oro".

– Por fin – dijo Garrido, después de una pausa –, quedamos en que no tienes maldita gana de contarme tu idilio. Eres tonta. Sin hablar me lo estás contando con el odio que tienes hacia mí y que no puedes ocultar. Entiendo, hija, entiendo – poniéndola en pie y levantándose él también –. No estoy acostumbrado a que me odien, ni soy hombre que gusta de echar tantos discursos para obtener lo que le *corresponde*. No me estimo en tan poco. ¿Qué pensabas? ¿Que te iba a pedir *de rodillas?*... Vete a tu cuartito y piensa en lo que hemos hablado. Bien podría suceder que tu idilio me resultara indiferente ... Pero bien podría suceder que me enfadara y te enseñara yo ...

*Indignóse* tanto la niña de aquella amenaza que le soltó redonda una valiente respuesta:

– Pues mejor: no temo nada. Mátame cuando quieras.

Y don Lope, al verla salir tan decidida y valiente, se llevó las manos a la cabeza y se dijo: «No me teme ya».

En tanto, Tristana corrió a la cocina en busca de Saturna y, con lágrimas en los ojos dio órdenes, que, palabra más o menos, eran así:

– Mañana, cuando vayas por la cartita, le dices que no traiga coche, que no salga, que me espere en el estudio, pues allá voy aunque me muera ... Dile que no reciba a nadie ... que esté solo, vamos ... si este hombre me mata, máteme con razón.

---

*corresponder,* aquí: pertenecer.
*de rodillas,* apoyado en el suelo con las dos rodillas.
*indignarse,* enfadarse mucho.

## 13

Y desde aquél día ya no pasearon más. Pasearon, sí, en el breve campo del estudio.

– Mira, hijo de mi alma – le decía en aquellas conversaciones *deliciosas* que iban desde los momentos más agradables del amor hasta los problemas más graves de la vida –. Yo te quiero con toda mi alma; segura estoy de no poder vivir sin ti. Toda mujer desea casarse con el hombre que ama. Yo no. No podría hacerlo, ni aun contigo, con la frente alta, pues por muy bueno que conmigo fueras, siempre tendría ante ti cierto sentimiento de haberte dado menos de lo que mereces, y temería que tarde o temprano, en un momento de mal humor, me dijeras que habías tenido que cerrar los ojos para ser mi marido ... No, no. Yo te quiero y te querré siempre; pero deseo ser libre.

– Pero tú eres una mujer extraordinaria y esa regla no va contigo. Tú encontrarás la manera, tú resolverás el problema difícil de la mujer libre ...

– Y honrada, se entiende, porque también te digo que no creo faltar a la honradez queriéndote, ya vivamos o no juntos ... Vas a decirme que he perdido toda idea de *moralidad.*

– No, por Dios. Yo creo ...

– Soy muy mala yo. ¿No lo habías conocido? Dime que te has asustado un poquitín al oírme lo último que te he dicho. Hace tiempo, mucho tiempo, que sueño con esta libertad honrada.

---

*delicioso,* muy agradable.
*moralidad,* cualidad de moral (bueno).

Admirado de tanta firmeza, Horacio se mostraba más amante cada día, ***reforzando*** el amor con la admiración.

En tanto, nada digno de referirse ocurría en las relaciones de Tristana con su señor, el cual había tomado una actitud observadora, mostrándose con ella muy atento, mas no cariñoso. Veíala entrar tarde algunas noches, y atentamente la observaba. Algunas noches charlaron de diversos asuntos, evitando don Lope el tratar del idilio. No pocas veces la sorprendió en el comedor pintando o copiando cualquier objeto de los que allí había.

– Bien, bien – le dijo a la tercera o cuarta vez que la encontró pintando –. Adelantas, hija, adelantas. De anteanoche acá noto una gran diferencia.

---

*reforzar*, hacer más fuerte.

Y encerrándose el viejo Don Juan, exclamaba, dando un *puñetazo* sobre la mesa:

– Otro dato. El tal es pintor.

Una tarde, no obstante, charlando con uno de sus amigos, en la plataforma de un tranvía, le preguntó:

– Pepe, ¿hay por aquí algún estudio de pintor?

Precisamente en aquel instante pasaban frente a una calle formada por edificios nuevos.

– Allí – dijo el amigo – tenemos al pintor Díaz.

– ¡Ah! Sí, le conozco – contestó don Lope –. Ese que...

– Ese que va y viene por la mañana y tarde. No duerme aquí. ¡Guapo chico!

– Sí, ya sé... Moreno, *chiquitín.*

– No, es alto.

– Justo, con el pelo largo.

– Si lleva el pelo muy corto.

– Se lo habrá cortado ahora. ¿Pinta también niñas desnudas?

– Sube y podrás verlo tú mismo, Lope. Es buen chico ese Horacio y te recibirá bien.

– No sé admirar las mujeres pintadas. Me han gustado siempre la vivas.

---

*puñetazo,* golpe dado con la mano cerrada.
*chiquitín,* persona muy pequeña.

## 14

Justo es decir que Horacio, viviendo sólo para el amor en aquella temporada, pintaba poco. El arte ya podía esperar. Creía el bueno de Díaz que aquél era el amor de toda su vida, que ninguna otra mujer podría agradarle ya, ni *sustituir* en su corazón a la cariñosa Tristana.

Una noche que juntos charlaban, se asustó Horacio al oírla expresarse en estos términos:

– Si encuentro mi manera de vivir, viviré sola. ¡Viva la independencia!, pudiendo, al mismo tiempo, amarte y ser siempre tuya. Yo me entiendo: tengo acá mis ideítas. Nada de matrimonio por no venir sobre aquello de quién tiene las faldas y quién no. Libertad honrada es mi tema ... Ya sé que es inútil, muy difícil, porque "la sociedad" como dice Saturna ... No acaba de entenderlo. Pero yo quiero hacer la prueba ... ¿Que *fracaso?* Bueno. Y si no fracaso, hijito, si me salgo con la mía, ¿qué dirás tú? ¡Ay! Has de verme en mi casita, sola, queriéndome mucho, eso sí, y trabajando, trabajando en mi arte para ganarme el pan; tú en la tuya; juntos a ratos, separados muchas horas, porque ... ya ves, eso de estar siempre juntos, siempre juntos, noche y día, es así, un poco ...

– ¡Qué graciosa eres y cuánto te quiero! No quiero estar separado de ti parte del día. Seremos dos en uno. Pero ahora se me ocurre una grave dificultad. ¿Te la digo?

– Sí, hombre, dila.

– No, no quiero. Es pronto.

---

*sustituir,* poner a uno en lugar de otro.
*fracaso,* se dice cuando algo no ha salido bien o como se esperaba.

– ¿Cómo pronto? Dímela o te corto una oreja.

– Pues yo ... ¿Te acuerdas de lo que hablábamos anoche?

– Sí.

– Que no te acuerdas.

– Que sí, tonto. ¡Tengo ya una memoria... ! Me dijiste que para completar la *ilusión* de tu vida deseabas ...

– Dilo.

– No, dilo tú.

– Deseaba tener un hijo.

– ¡Ay! No, no; le querría yo tanto, que me moriría de pena si me lo quitaba Dios. Porque se mueren muchos. ¡Me da una tristeza!... No sé para qué permite Dios que vengan al mundo, si tan pronto se los ha de llevar... Más vale que no lo tengamos. Di que no.

– Digo que sí. Déjalo, tonta. ¿Y por qué se ha de morir? Supón que vive ..., y aquí entra el problema. Puesto que hemos de vivir separados, ¿en cuál de las dos casas vivirá el niño?

– Toma, pues conmigo, conmigo... ¿Qué duda puede haber? Si es mío, mío. ¿Con quién ha de estar?

– Pero como será mío también, como será de los dos...

– Sí..., pero..., te diré..., tuyo, porque..., vamos, no lo quiero decir... Tuyo, sí; pero es más mío que tuyo. Nadie puede dudar que es mío. Lo de tuyo es indudable; pero... no consta tanto, para el mundo, se entiende... ¡Ay, no me hagas hablar así ni dar estas explicaciones!

– Al contrario, mejor es explicarlo todo para que yo pueda decir: mío, mío.

– Más fuerte lo podré decir yo: mío, mío y siempre mío.

---

*ilusión,* imagen de una cosa que no existe y que se toma como real.

– Y mío también.
– Bien, pero …
– No, por igual.
– Calla, hombre; por igual, nunca. Bien lo comprendes: podría haber otros casos en que … Hablo en general.
– No hablamos sino en particular.
– Pues en particular te digo que es mío y que no lo suelto, ¡ea!
– Es que … veríamos …
– No hay veríamos que valga.
– Mío, mío.
– Tuyo, sí; pero … fíjate bien …, quiero decir que eso de tuyo no es tan claro, en la generalidad de los casos. Luego, la Naturaleza me da más derechos que a ti … Y se llamará como yo, con mi apellido nada más.
– Tristana, ¿qué dices? – casi enfadado.
– Pero qué, ¿te enfadas? Hijo, si tú tienes la culpa. ¿Para qué me … ? No, por Dios, no te enfades.

La nubecilla pasó pronto y todo fue claridad y luz en el cielo de aquella felicidad. Pero Díaz quedó un poco triste. Tristana, más cariñosa que nunca, le dijo:

– ¡Vaya que reñir por una cosa así, por lo que quizá no suceda! Perdóname. No puedo evitarlo. Me salen ideas como me podrían salir granos en la cara. Yo, ¿qué culpa tengo? Cuando menos se piensa, pienso cosas que no debe una pensar … Pero no hagas caso. ¡Qué tontería, reñir por lo que no existe, por lo que no sabemos si existirá, teniendo un presente tan fácil, tan bonito, para gozar de él!

# 15

Bonito, realmente bonito a no poder más era el presente, y Horacio se dormía en él como si se viera ya en la gloria. Mas era hombre de carácter grave y por costumbre medía, pesaba todas las cosas, pensando en el desarrollo posible de los sucesos. Consideraba imposible vivir sin las gracias de Tristana.

Le gustaba su sencillez cuando humilde se mostraba, y su orgullo cuando se enfadaba. Alegre, era deliciosa la niña; enfadada también. Reunía un sinfín de *dotes* y cualidades. Sabía ser dulce y amarga, blanda y fresca como el agua, *ardiente* como el fuego, suave como el aire. Y Horacio creía que la pasión duraría en ambos tanto como la vida, y, aún más.

El arte era el que salía perdiendo con estas pasiones eternas. Por la mañana, Horacio pasaba el tiempo pintando flores o animales muertos. Llevábanle el almuerzo del restaurante del Riojano, y comía con apetito, abandonando los restos en cualquier mesilla del estudio. Este ofrecía un desorden encantador. Sobre el ancho sofá veíanse libros *revueltos;* en el suelo, las cajas de color; sobre las sillas, cuadros a medio pintar, más libros. En las paredes, cuadros y fotografías mil de caballos, barcos, perros y toros.

---

*dotes,* buenas cualidades.
*ardiente,* muy caliente.
*revuelto,* sin orden.

## Preguntas

1. ¿Por qué desea contar su vida Tristana a Horacio?
2. ¿Cómo reacciona Horacio al conocer la verdad de la vida de Tristana?
3. ¿Qué aconseja Horacio a Tristana en relación con don Lope?
4. Describa la escena en que don Lope anuncia a Saturna que sabe que ella tiene un novio.
5. ¿Cómo reacciona Tristana cuando don Lope le dice que conoce su idilio?
6. ¿Por qué se muestra don Lope tan severo con Tristana?
7. ¿Cuándo y por qué se decide Tristana a visitar a Horacio en el estudio?
8. Describa las ideas de Tristana sobre el matrimonio.
9. ¿Acepta Horacio estas ideas?
10. ¿Por qué pintaba menos Horacio después de conocer a Tristana?

# 16

Como *contrapeso* moral y físico a las apasionadas tardes, Horacio, al retirarse de noche a su casa, caía en una *melancolía* sin ideas. ¿Qué tenía? No le era fácil contestarse.

Al propio tiempo que consideraba su *destino* inseparable del de aquella singular mujer, un terror sordo empezaba a despertarse en el fondo de su alma, y por más que procuraba, haciendo trabajar sin descanso a la imaginación, no podía conseguir figurarse el futuro al lado de Tristana.

No causó inquietud a doña Trinidad (que así se llamaba la señora con quien Horacio vivía) la melancolía de su sobrino, hasta que pasado algún tiempo, advirtió en él una rara tristeza. Entrábale como un sueño, conservando los ojos abiertos, y no había medio de sacarle del cuerpo una palabra. Veíasele *inmóvil* en un sillón del comedor, sin interesarse por la conversación de la tertulia de dos o tres personas que *amenizaban* las tristes noches de doña Trini. Era ésta de dulcísimo carácter, no muy vieja y marcada por los pesares que había padecido, pues no tuvo tranquilidad hasta que se quedó sin padre y sin marido. Bendecía la soledad, agradeciéndosela a la muerte.

*Adoraba* a su sobrino, y por nada del mundo se separaría de él. Una noche, después de comer, y antes de que

---

*contrapeso,* peso ejercido en contra de otro.
*melancolía,* tristeza suave.
*destino,* suerte, futuro.
*inmóvil,* sin movimiento.
*amenizar,* alegrar, agradar.
*adorar,* amar apasionadamente.

llegaran sus amigas, doña Trini se sentó frente al sillón de Horacio y le dijo:

– Si no fuera por ti, yo no aguantaría este maldito frío que me está matando. ¡Y pensar que con irme a tu casa de Villajoyosa resucitaría! Pero ¿cómo me voy y te dejo aquí solo? Imposible, imposible.

Respondióle el sobrino que bien podría irse y dejarle, pues nadie se lo comería.

– ¡Quién sabe, quién sabe si te comerán ...! Tú andas también delicado. No me voy, no me separo de ti por nada del mundo.

Desde aquella noche empezó una lucha *tenaz* entre los deseos de abandonar Madrid de la señora y la pasividad melancólica del señorito. Deseaba doña Trini largarse; él también quería que se fuera, porque el clima de Madrid la enfermaba. Habría tenido gusto en acompañarla; pero ¿cómo, ¡santo Dios!, si no veía forma humana de separarse de su amada Tristana?

– Iré a llevarla a usted – dijo a su tía – y me volveré enseguida.

– No, no.

– Iré después a buscarla a usted a la entrada de la primavera.

– Tampoco.

La *tenacidad* de doña Trini no se fundaba sólo en el horror al invierno. Nada sabía concretamente de los amores de Horacio, pero sospechaba que algo anormal y peligroso ocurría en la vida del joven, y con feliz instinto estimó conveniente llevársele de Madrid. Levantando la cabeza para mirarle bien, le dijo:

---

*tenaz,* no abandonar fácilmente lo que se ha propuesto hacer.
*tenacidad,* cualidad de tenaz.

– Pues me parece que en Villajoyosa pintarías como aquí, y aún mejor. En todas partes hay Naturaleza y natural ... Y, sobre todo, tontín, allí te librarías de los problemas que estás pasando. Te lo dice quien bien te quiere, quien sabe algo de este mundo engañador. No hay cosa peor que agarrarse a un vicio de querer ... Apártate inmediatamente. Pon tierra por medio.

Horacio nada contestó, pero las ideas de su tía quedaron fijas en su cabeza. Repitió sus consejos a la siguiente noche la simpática viuda, y a los dos días ya no le pareció al pintor muy *disparatada* la idea de partir, ni vio, como antes, en la *separación* de su amada un suceso tan grave como la rotura del cielo en pedazos mil.

La primera vez que comunicó a Tristana los deseos de doña Trini, aquélla puso el grito en el cielo. Él también se enfadó. Protestaron ambos contra el indeseado viaje, y ... "antes morir" que aceptar los deseos de la tía.

Mas otro día, tratando de lo mismo, Tristana pareció *conformarse*. Sentía lástima de la pobre viuda. ¡Era tan natural que no quisiera ir sola ... ! Horacio afirmó que doña Trini no resistiría en Madrid el frío del invierno, ni quería separarse de su sobrino. Mostróse la Reluz más compasiva, y por fin ... ¿Sería que también a ella le pedía el cuerpo y el alma pausa, descanso?

Al fin se dieron cuenta que la separación no los asustaba; al contrario, querían probar el desconocido encanto de alejarse, sabiendo que era por tiempo breve; probar el misterio de la ausencia, con sus inquietudes, el esperar y recibir cartas, el desearse, y el contar lo que faltaba para tenerse de nuevo.

---

*disparatada,* aquí: cosa o dicho imposible, falso, absurdo.
*separación,* acción de separarse.
*conformarse,* aceptar.

En resumidas cuentas, que Horacio *tomó las de Villadiego.* Triste fue la despedida.

Ninguna novedad ocurrió el primer día en Villajoyosa. Disfrutaba del descanso moral y del placer pálido de no sentir emociones fuertes. Pero al segundo día, aquel mar tranquilo de su espíritu empezó a *moverse.*

A los cuatro días el hombre no podía vivir de soledad, de tristeza. Todo le *aburría:* la casa, doña Trini, los parientes. Pidió auxilio al arte y el arte no le respondió. El paisaje hermosísimo, el mar azul, los verdes árboles, todo le ponía cara seria.

La primera carta le consoló en su soledad. Habían acordado escribirse dos cartitas por semana:

«He pasado un día y una noche de perros. ¿Por qué te fuiste? . . . Hoy estoy más tranquila. He comprendido que no debo quejarme; recé mucho. Demasiado bien me ha dado Dios. Merezco que me riñas y aun que me quieras un poco menos (¡no, por Dios!) cuando me entristezco por una separación tan breve y necesaria . . .»

De él a ella:

«Hijita, ¡qué días paso! Hoy quise pintar y no pude; no veo el color, no veo la línea. Mi tía no está bien. No puedo abandonarla. Si lo hiciera, tú misma no me lo perdonarías».

---

*tomar las de Villadiego,* irse, marcharse.
*moverse,* tener movimiento.
*aburrir(se),* cansar una cosa a alguien.

# 17

Tan *voluble* era en sus impresiones la señorita de Reluz, que fácilmente pasaba de la alegría feliz a la triste melancolía:

«Soy tan feliz, que a veces paréceme que vivo suspendida en el aire, que mis pies no tocan la tierra. No duermo. ¡Ni falta que me hace dormir!.. Más quiero pasarme toda la noche pensando que te gusto, y contando los minutos que faltan para verte de nuevo.»

Y otro día:

«No sé lo que me pasa, no vivo en mí, no puedo vivir de tristeza, de temor. No veo la felicidad en el matrimonio.

«El problema de mi vida me da miedo cuando pienso en él. Quiero ser algo en el mundo, vivir de mí misma. ¿Será verdad, Dios mío, que deseo un imposible? No quiero depender de nadie, ni del hombre que adoro. Quiero, para expresarlo a mi manera, estar casada conmigo misma, y ser mi propia cabeza de familia. No sabré amar por obligación. Sólo en la libertad comprendo mi fe constante. Protesto, me da la gana de protestar contra los hombres, que se han cogido todo el mundo por suyo, y no nos han dejado a nosotras más que los estrechos caminos por donde ellos no saben andar ...»

En tanto que estas cartas cruzaban el largo espacio entre el pueblo mediterráneo y Madrid, en el espíritu de Horacio se iniciaba una crisis. La dulzura del clima le encantaba, y la belleza del paisaje llegó por fin hasta su alma. El Arte se unió con la Naturaleza para conquis-

---

*voluble*, que cambia.

tarle, y habiendo pintado un día, después de mil intentos, una *marina,* quedó para siempre enamorado del mar azul y del cielo *luminoso.* El pueblo, sus gentes, los árboles, todo quería llevarlo a sus cuadros. Entróle el gusto del trabajo, y por fin, el tiempo tan largo y aburrido, hízosele breve y *fugaz;* de tal modo que al mes de vivir en Villajoyosa, las tardes se comían las mañanas y las noches se merendaban las tardes, sin que el artista se acordara de merendar ni de comer.

Cuando no pintaba paseaba con gentes sencillas del pueblo, y sus ojos no se cansaban de contemplar el mar, que a cada instante cambiaba de tono.

Lo que observaba Horacio lo comunicaba inmediatamente a Tristana:

«¡Ay niña mía, no sabes cuán hermoso es esto! Pero ¿cómo has de comprenderlo tú, si yo mismo he vivido hasta hace poco *ciego* a tanta belleza y poesía? Admiro y amo este lugar, pensando que algún día hemos de amarlo y admirarlo juntos. Pero ¡si estás conmigo aquí, si en mí te llevo, y no dudo que tus ojos ven dentro de los míos lo que los míos ven! ... Ven, y verás. Deja a ese viejo Don Juan, y casémonos en este sitio maravilloso ... ¿No sabes? le he contado todo a mi tía. Imposible guardar más tiempo el secreto. Alégrate, chiquilla; no puso mala cara. Pero aunque la pusiera ..., ¿y qué? Le he dicho que te amo, que no puedo vivir sin ti. Dime que te alegra lo que te cuento hoy, y que al leerme te entran ganas de echar a correr para acá. Dime que te gustará esta vida oscura y maravillosa; que amarás esta

---

*marina,* aquí: cuadro en el que aparece el mar.
*luminoso,* con mucha luz.
*fugaz,* que pasa muy deprisa.
*ciego,* que no puede ver.

paz *campestre* teniendo por marido al más *chiflado* de los artistas, al más espiritual habitante de esta tierra de luz, de belleza y poesía».

---

*campestre,* del campo.
*chiflado,* loco.

## 18

De la señorita de Reluz:

«¡Qué pena, qué *ansiedad,* qué miedo! No pienso más que cosas malas. No hago más que llorar. El llanto me consuela. Si me preguntas por qué lloro, no sabré responderte. ¡Ah! Sí, sí, ya sé: lloro porque no te veo, porque no sé cuando te veré. Esta ausencia me mata. Tengo *celos* del mar azul, los barcos, el pueblo, las gentes, todo. Donde hay tanto bueno, ¿no ha de haber también buenas muchachas? Porque yo me mato si tú me abandonas. Tú serás el culpable de lo que pueda ocurrir».

Jueves 14.

«¡Ay! No te había dicho nada. El gran don Lope está conmigo muy amable. Siempre tiene para mí palabras de cariño y dulzura. Ahora le da por llamarme su hija, llamándose papá, y por figurarse que lo es. Siente mucho no haberme comprendido, de no haber desarrollado mi inteligencia. Maldice su abandono... Pero aún es tiempo; aún podremos ganar el terreno perdido».

---

*ansiedad,* angustia, temor.
*celos,* sentimiento de ver que la persona amada prefiere a otra.

## 19

De Tristana a Horacio:

«Ahora que estoy malita y triste, pienso más en ti... Curioso, todo lo quieres saber. Lo que tengo no es nada, nada; pero me molesta. No hablemos de eso ...»

Lunes.

«¿Te lo digo? No, no te lo digo. Te vas a asustar, creyendo que es más de lo que es. No, permíteme que no te diga nada. Ya estoy viendo la cara que pones por esta manera mía de decir las cosas con misterio y callándolas sin dejar de decirlas. ¡Ay, ay, ay! ¿No oyes cómo se queja tu Tristana? ¿Crees que se queja de amor? No, quéjase de dolor físico. ¿Pensarás que estoy muy enferma? No, hijo mío. Es que don Lope me ha pegado sus enfermedades. Hombre, no te asustes; don Lope no puede pegarme nada, porque ..., ya sabes ... No hay caso. Hace dos días al levantarme de la cama, sentí un dolor muy grande, hijo ... No quiero decirte dónde ... Pero, en fin, quiero decírtelo claro: me duele en una pierna. ¿Sabes dónde? Junto a la rodilla. ¿No te parece injusto lo que hace Dios conmigo? Ello será todo lo justo que se quiera, pero no lo entiendo. En fin, que los secretos de Dios me dejan muy apenada. ¿Qué será esto? ¿No se me quitará pronto? A ratos creo que no es Dios sino el diablo quien me ha traído este dolor. El demonio es mala persona y quiere hacerme pagar lo que le hice. Antes de conocerte estuve deseando quitarme la vida, pero te conocí y no quise más tratos con él. No creas que es broma; no puedo andar ... Me causa terror la idea de que, si estuvieras aquí, no podría ir yo a tu estudio. Aunque sí, iría, vaya si iría, arrastrándome.

¿Y tú me querras *cojita?* ¿No te reirás de mí? ¿No perderás la ilusión? Dime que no. Dime que este dolor no tiene importancia. Ven para acá, quiero verte. He perdido casi la memoria de cómo es tu cara. Me paso largos ratos de la noche figurándome cómo eres, sin poder conseguirlo. ¿Y qué hace la niña? Crearte con su imaginación. Ven pronto».

Sábado.

«¡Ay, ay, ay! ¿No sabes lo que me pasa? Me muero de pena ... ¡Coja otra vez, con dolores horribles! He pasado tres días terribles. Don Lope trajo al médico, un tal Miquis, joven y agradable. Creo que su impresión no es muy tranquilizadora, aunque don Lope asegura lo contrario, sin duda para darme ánimo. No puede ser, no puede ser. Estoy loca; no pienso más que en horrores. Y todo, ¿qué es? Nada ... y si me toco veo las estrellas, lo mismo que si ando. Te escribo en el sillón, del cual no puedo moverme. Saturna mantiene el *tintero* ... ¿Y cómo te veo ahora, si vienes? No, no vengas hasta que esto se me quite. No he sido tan mala que este dolor

---

*coja,* que no anda bien, o que le falta una pierna, o pie.

merezca. ¿Qué *crimen* he *cometido?* ¿Quererte? ¡Vaya un crimen!

«No, sé si me curaré... ¡Pues no faltaba más! Si no, sería una injusticia muy grande de Dios... No sé qué decir. Me vuelvo loca. Necesito llorar, pasarme todo el día llorando...; pero estoy rabiosa, y con rabia no puedo llorar. Tengo odio a todo el género humano, menos a ti. Estoy loca, no sé lo que pienso, no sé lo que digo...»

---

*crimen,* falta muy grave, que consiste en matar a alguien.
*cometer,* hacer.

# 20

Al caer de la tarde, en uno de los últimos días de enero, entró en casa don Lope melancólico y silencioso, como hombre sobre cuyo ánimo pesan gravísimas tristezas y cuidados. En pocos meses la vejez se notaba más en su persona. Apenas salía de noche y el día se lo pasaba enteramente en casa.

Bien se comprendía el motivo de tantos pesares, porque era hombre de buenos sentimientos y no podía ver padecer a las personas que quería. Cierto que él había deshonrado a Tristana, matándola para la sociedad y el matrimonio, destruyendo su fresca juventud; pero la quería con entrañable afecto y se entristecía de verla enferma y con pocas esperanzas de curarse pronto.

Entró, pues, don Lope, y se fue derechito al cuarto de Tristana. ¡Qué cambiada estaba la pobrecita con la pena moral y física de su dolorosa enfermedad! La muchacha no era ya ni sombra de sí misma. Su palidez a nada podía compararse. Su lindo rostro era ya de una blancura increíble; sus labios se habían vuelto morados. La tristeza y el tanto llorar se notaban en sus ojos.

– ¿Qué tal, preciosa? – le dijo don Lope besándole en la cara y sentándose a su lado –. Mejor, ¿verdad? Me ha dicho el médico que ahora vas bien, y que el mucho dolor es señal de *mejoría*. Ahora ..., niña – sacando una cajita de farmacia –, vas a tomar esto. No sabe mal. Alégrate que dentro de un mes ya podrás saltar y hasta bailar.

– ¡Dentro de un mes! ¡Ay! Yo creo que no. Dices eso

---

*mejoría,* aquí: se dice cuando el enfermo va mejor.

por consolarme. Lo agradezco, pero, ¡ay!... Ya no saltaré más.

El tono con que lo dijo entristeció a don Lope, hombre valiente y de mucho corazón para otras cosas, pero que no servía para nada delante de un enfermo. El dolor físico en persona querida le ponía corazón de niño.

– Ea, no hay que ponerse así. Yo tengo esperanzas; tenlas tú también. ¿Quieres más libros para leer? ¿Quieres pintar? Pide por esa boca. – Tristana hacía signos negativos de cabeza –. Bueno, pues te traeré novelas bonitas, o libros de historia. Ya que has llenado tu cabeza de *sabiduría,* no te quedes a la mitad. A mí me da el corazón que has de ser una mujer extraordinaria. ¡Y yo tan tonto, que no comprendí desde el principio tus grandes facultades! No me lo perdonaré nunca.

– Todo perdonado – respondió Tristana con señales de profundo aburrimiento.

No era la primera vez que don Lope le hablaba en ese tono; y la señorita de Reluz, dicha sea la verdad, le oía gozosa. Hay que advertir, además, que don Lope dio a la muchacha pruebas de increíble paciencia. Una mañana, hallándose la joven escribiendo la carta para Horacio, entró inesperadamente Garrido, y como la viese esconder rápidamente papel y tintero, díjole con bondad cariñosa:

– No, no, hija, no dejes de escribir tus cartas. Me voy para no molestarte.

Sorprendida quedó Tristana con estas palabras que desmentían en un punto el carácter egoísta del viejo Don Juan, y continuó escribiendo tan tranquila.

En tanto, don Lope, metido en su cuarto y a solas

---

*sabiduría,* el saber, la ciencia.

con su conciencia, se decía: «No, no puedo hacerla más desgraciada de lo que es... ¡Me da mucha pena... pobrecilla! ¡Vive Dios que si tontamente me la dejé quitar, ha de volver a mí; no para nada malo, bien lo sabe Dios, pues ya estoy viejo sino para apartarla del que me la quitó! La querré como hija, la defenderé contra todos, contra las formas y especies varias de amor, ya sea con matrimonio, ya sin él ... Y ahora, ¡por vida de ...!, ahora me da la gana de ser su padre, y de guardarla para mí solo, para mí solo, pues aún pienso vivir muchos años, y si no es posible tenerla como mujer, la tendré como hija querida; pero que nadie la toque, ¡vive Dios!, nadie la mire siquiera».

Fue luego junto a Tristana y le acarició las mejillas, diciéndole:

– Pobre alma mía, cálmate. Ha llegado la hora del perdón. Necesitas un padre amoroso, y lo tendrás en mí... Sé que me has engañado... No, no tengas miedo, no te riño ... Mía es la culpa ... Eres joven, bonita. ¿Qué extraño es que cuantos jovencitos te ven en la calle te sigan? ¿Qué extraño que entre tantos haya habido uno, menos malo que los demás, y que te haya gustado ... y que creas en sus *promesas* tontas... Ea, no hablemos más de eso. Te lo perdono. Ya ves..., quiero ser tu padre, y empiezo por...

Temerosa, sorprendida, Tristana negó, pero don Lope le interrumpió:

– Es inútil que niegues. No sé nada y lo sé todo. Ignoro y adivino. El corazón de la mujer no tiene secretos para mí. He visto mucho mundo. No te pregunto quién es el caballerito, ni me importa saberlo. Conozco

---

*promesa,* sustantivo de prometer.

la historia, que es de las más viejas. El tal te habrá hablado de matrimonio., y si tú le haces caso echas a perder tu destino...

– ¡Mi destino! – exclamó Tristana, y sus ojos se le llenaron de luz.

– Tu destino, sí. Has nacido para algo muy grande, que no podemos conocer aún. El matrimonio te lo impediría. Tú no puedes ni debes ser de nadie, sino de ti misma. Esa idea tuya de la honradez libre, que no supe apreciar antes, demuestra tu inteligencia. Si piensas así es porque vales.

## Preguntas

1. ¿En qué estado de humor se encontraba Horacio cuando volvía a su casa por las noches después de haber estado con Tristana?
2. ¿Qué consejos da a Horacio su tía Trinidad?
3. ¿Cómo reacciona Tristana cuando Horacio le anuncia su partida?
4. Describa el estado de ánimo los primeros días en Villajoyosa.
5. ¿Por qué se siente feliz Horacio en Villajoyosa?
6. ¿Por qué desea Horacio que Tristana vaya a Villajoyosa?
7. ¿Cómo anuncia Tristana a Horacio la noticia de su enfermedad?
8. ¿Influyen los dolores en el ánimo de Tristana?
9. Describa el estado de don Lope al agravarse la salud de Tristana.
10. ¿Cómo reacciona don Lope al conocer que Tristana escribe cartas a su amado?

## 21

«¡Ay Dios mío – decía Tristana para sí, cruzando las manos y mirando fijamente a su viejo –, cuánto sabe este maldito... ! ¡vaya si sabe!...»

Siguieron hablando de lo mismo. Al mismo tiempo que las palabras de Garrido consolaban a la señorita, le servían para hacerle olvidar su gran dolor. Se sintió mejor aquella tarde.

Ayudada de Saturna, se acostó, después que ésta le hubo curado con cuidado la rodilla enferma. Pasó la noche intranquila. Aguardaba el día para escribir a Horacio, y al amanecer, antes que se levantara don Lope, escribió una larga carta:

«Amor mío, sigo mal; pero estoy contenta. Mira tú qué cosa tan rara... Estoy alegre, sí y llena de esperanzas. Pienso que me curaré aunque no mejore, pero lo pienso y basta.

«Nos queremos, tú libre, libre yo, y tan señora como la que más. No me hables a mí de matrimonio, porque te me empequeñeces tanto, que no te veo de tan chiquitín como te vuelves. Soy feliz así, déjame, déjame».

A ésta siguieron otras cartas:

«Mientras más te adoro, más olvido tu cara, pero te encuentro otra a mi gusto, según mis ideas. ¿Quieres que te hable un poquito de mí? ¡Ay, sufro mucho! Creí que mejoraba; pero no, no quiere Dios. Él sabrá por qué. ¡Qué médicos estos! No entienden una palabra del arte de curar... Nunca creí que en el destino de las personas tuviera tanta importancia una pierna, una triste pierna, que sólo sirve para andar.

«Y tú, mi rey querido, ¿qué dices? Si no fuera por tu

amor ya me habría muerto. Pero no tengo miedo, y pienso en las mismas cosas que he pensado siempre...; no, que pienso más y mucho más, y subo, subo siempre. Créelo: tú y yo hemos de hacer algo grande en el mundo. ¿No aciertas cómo? Pues yo no puedo explicártelo; pero lo sé. Me lo dice mi corazón, que todo lo sabe, que no me ha engañado nunca ni puede engañarme. No puedo seguir... Me duele horriblemente... ¡Que una pierna, una miserable pierna, nos...!»

Jueves.

«¡Qué día ayer, y qué noche! Pero no tengo miedo. El espíritu se me crece con los sufrimientos. Hoy me siento mejor y me dedico a pensar en ti. ¡Qué bueno eres! Te quiero con más alma que nunca, porque respetas mi libertad. Mi pasión reclama libertad. Sin ese campo no podría vivir».

En sus últimas cartas, Tristana olvidaba ya la persona misma de Horacio. El Horacio nuevo parecíase un poco al verdadero, pero nada más que un poco. De esta nueva persona iba haciendo Tristana la verdad de su existencia, pues sólo vivía para él.

Miércoles.

«Mis dolores me llevan a ti, como me llevarían mis alegrías si alguna tuviera. Dolor y gozo son una misma fuerza para subir... cuando se tienen alas. En medio de la desgracia que me concede Dios, me hace el inmenso bien de darme tu amor. ¿Qué importa el dolor físico? Nada. ¡Y no me digan que estás lejos! Yo te traigo a mi lado, te siento junto a mí, y te veo y te toco. Tengo bastante poder de imaginación para suprimir la distancia».

Jueves.

«Aunque no me lo digas sé que eres como debes ser.

Lo siento en mí. Cuando pienso mucho en ti se me quita el dolor. Eres mi *medicina,* que mi doctor no entiende. ¡Si vieras…! Se asombra de mi *serenidad.* Sabe que te adoro, pero no conoce lo que vales. Llévese el demonio la pierna. Que me la corten. Para nada la necesito. Tan espiritualmente amaré con una pierna, como con dos…, como sin ninguna».

Viernes.

«No me hace falta ver tu arte maravilloso. Me lo figuro como si delante de mis ojos lo tuviera. La Naturaleza no tiene secretos para ti. Más que tu maestra es tu amiga. Cuando yo me ponga buena haré lo mismo. Trabajaremos juntos. ¡Lo que es pintar…! No hay quien me lo quite de la cabeza. Tres o cuatro lecciones tuyas bastarán para seguir tus pasos, siempre a distancia, se entiende… ¿Me enseñarás?»

---

*medicina,* lo que sirve, o se emplea para curar las enfermedades.
*serenidad,* cualidad de sereno.

Horacio decidió ir a Madrid, y ya tenír dispuesto todo para el viaje, a últimos de febrero, cuando una inesperada enfermedad de doña Trini le obligó a quedarse en Villajoyosa.

En los mismos días pasaban en Madrid y en casa de don Lope cosas de extraordinaria *gravedad*. Tristana *empeoró* tanto, que nada pudo su fuerza de voluntad contra el dolor *intensísimo,* acompañado de *malestar* general.

Aprovechó los momentos de mejoría para escribir algunas cartas breves, que el mismo don Lope, sin hacer ya misterio de su perdón, se encargaba de echar al correo.

– Basta de temores, niña mía – le dijo con cariño paterno –. Para mí no hay secretos. Y si tus cartitas te consuelan, yo no te riño ni te prohibo que las escribas. Nadie te comprende como yo, y el mismo que lee tus cartas no está a la altura de ellas, ni merece tanto honor. En fin, ya te irás convenciendo... Entre tanto, hija de mi vida, escribe todo lo que quieras, y si algún día no tuvieras ganas de tomar la pluma, díctame y las escribiré yo. Ya ves la importancia que doy a ese juego *infantil*... ¡Cosas de chiquillos, que comprendo perfectamente porque yo también he tenido veinte años!

Augusto Miquis, el médico, iba tres veces al día, y aún no estaba contento don Lope decidido a emplear todos los medios de la ciencia para salvar a su muñeca infeliz.

---

*gravedad,* cualidad de grave.
*empeorar,* ponerse peor.
*intensísimo,* muy fuerte.
*malestar,* estado del que se encuentra mal.
*infantil,* propio de niños.

– Si mi fortuna se acaba por completo – decía –, lo que no es imposible al paso que vamos, haré lo que hasta ahora siempre me he negado: pediré *auxilio* a mis parientes de Jaén. Mi *dignidad* no vale nada ante la horrorosa desgracia que me rompe el corazón. Creo que hasta el momento presente no he conocido cuánto la quiero, ¡pobrecilla! Es el amor de mi vida y no quiero perderla por nada de este mundo. A Dios mismo, a la muerte se la quitaré. Reconozco mi egoísmo. Si Dios me concede lo que le pido me *consagraré* al bien y a la felicidad de esta sin par mujer llena de sabiduría y de gracia. ¡Y yo que la tuve en mis manos y no supe entenderla!

Tristana pasó una noche horrible, con dolores insoportables. Cuando don Lope vio la cara del médico, en la visita de la mañana, comprendió que el mal entraba en un periodo de extrema gravedad. La misma Tristana se le adelantó, diciendo con serenidad:

– Comprendido, doctor... Esta... no la cuento. No me importa. La muerte me gusta; se me está haciendo simpática. Tanto sufrir van acabando las ganas de vivir... Hasta anoche pensaba que el vivir es algo bonito..., a veces... Pero ya voy aceptando la idea de que lo mejor es morirse... no sentir dolor...; ¡qué felicidad, qué gusto!

Y echóse a llorar.

Después de consolar a la enferma, encerróse Miquis con don Lope en el cuarto de éste y le habló con la gravedad propia del caso:

– Amigo don Lope – dijo poniendo las dos manos

---

*auxilio,* ayuda.
*dignidad,* cualidad de digno.
*consagrarse,* dedicarse, hacer todo por una idea determinada.

sobre los hombros del caballero, que parecía más muerto que vivo –, hemos llegado a lo que yo me temía. Tristana está muy grave. A un hombre como usted, valiente y de espíritu sereno se le debe hablar con claridad.

– Sí – murmuró el caballero, haciéndose el valiente.

– Pues sí ... amigo mío. Ánimo. No hay más remedio que *operar*.

– ¡Operar! – exclamó Garrido aterrado –. Cortar ... ¿no es eso? ¿Y usted cree ... ?

– Puede salvarse, aunque no lo aseguro.

– ¿Y cuándo?

– Hoy mismo. No hay que perder tiempo ... Una hora que perdamos nos haría llegar tarde.

– ¡Pobre niña! ... Cortarle la ... ¿Pero qué ciencia es ésta que no sabe curar sino cortando? Don Augusto, busque otra solución. ¡Quitarle una pierna! Si esto se arreglará cortándome a mí las dos ... ahora mismo aquí están ... Ea, empiece usted.

Los gritos del caballero debieron oírse en el cuarto de Tristana, porque entró Saturna, asustadísima, a ver qué le pasaba a su amo.

– Vete de aquí ... Vete, Saturna y dile a la niña que no permitiré que se le corte ni la pierna, ni nada. Primero me corto yo la cabeza ... No, no se lo digas ... Cállate ... que no se entere ... Pero habrá que decírselo ... Yo me encargo ... Saturna, mucho cuidado con lo que hablas ... Vete, déjanos.

Y volviéndose al médico, le dijo:

– Perdone, querido Augusto; no sé lo que pienso. Estoy loco ... Se hará todo lo que sea necesario ... ¿Qué dice usted? ¿Que hoy mismo?

---

*operar,* aquí: abrir, o cortar en el cuerpo del enfermo.

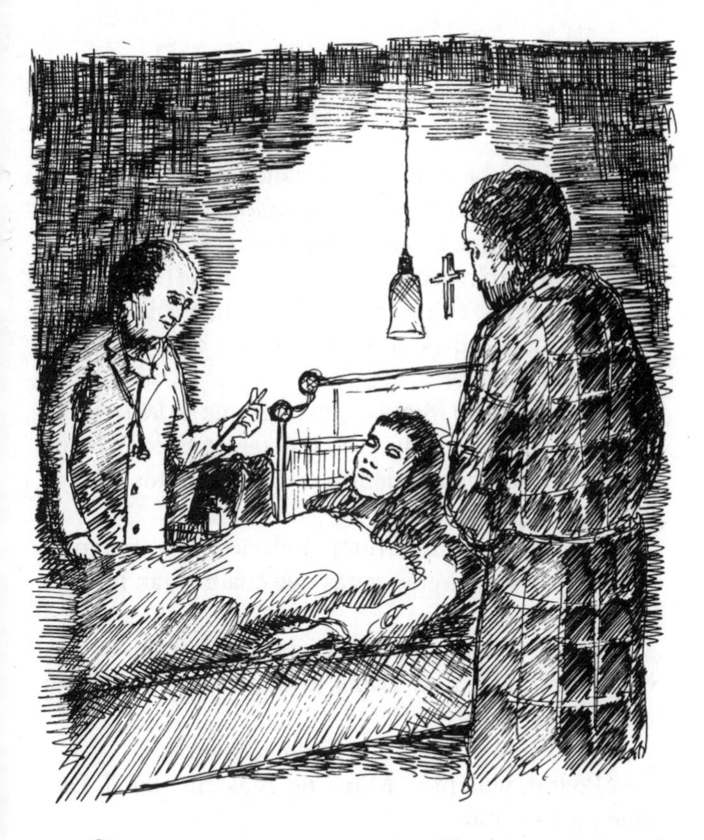

– Sí, cuanto más pronto, mejor. Vendrá mi amigo el doctor Ruiz Alonso, y... veremos. Creo que podrá salvarse.

– ¡Podrá salvarse! De modo que ni aún así es seguro... ¡Ay doctor! No sirvo para estas cosas... Me vuelvo un chiquillo de diez años ¡Quién lo había de decir! ¡Dios mío!

– ¡Pobrecilla! No se lo diremos claramente. La engañaremos. Es posible que ella lo haya comprendido, y no necesitaremos... El enfermo suele ver muy claro.

## 23

No se equivocaba el médico. Cuando entraron a ver a Tristana, ésta los recibió con cara *risueña* y llorosa.

– Ya, ya sé lo que tiene que decirme ... Soy valiente ... Si casi me alegro ... porque vale más que me la corten ... Así no sufriré ... ¿Qué importa tener una sola pierna?

– Hija mía, te quedarás buenísima – dijo don Lope al verla tan valiente.

– En fin – añadió Miquis –, no tema que no la haremos sufrir nada ..., pero nada ... Ni se enterará usted. Y luego se sentirá muy bien, y dentro de unos cuantos días ya podrá usted pintar ...

– Hoy mismo – interrumpió el viejo – te traigo la caja de colores ... Verás, verás qué cuadros tan bonitos nos vas a pintar.

Augusto se despidió anunciando su pronta vuelta. Solos Tristana y don Lope, estuvieron un ratito sin hablarse.

– ¡Ah! Tengo que escribir – dijo la enferma.

– ¿Podrás, vida mía? Mira que estás muy débil. Díctame y yo escribiré.

– No; puedo escribir ... Es particular lo que ahora me pasa; ya no me duele. Casi ni siento nada. ¡Vaya si puedo escribir! Venga ...

Delante de don Lope escribió estas líneas:

«Allá va una noticia que no sé si es buena o mala. Me la cortan. ¡Pobrecita pierna! Pero ella tiene la culpa ... No sé si me alegro, porque, en verdad, no me sirve para nada ... ¿Qué piensas tú? Verdaderamente no es cosa

---

*risueña,* alegre, contenta.

de entristecerse por una pierna, tú, que eres todo espíritu, lo creerás así. Yo también lo creo. Y lo mismo has de quererme con una que con dos.

«Me dicen que no sufriré nada en la... ¿lo digo?, en la operación... ¡Ay! esto es muy triste y yo no lo soportaré sino sabiendo que seré la misma para ti después. Dios me da fuerzas, me dice que saldré bien de la operación, y que después tendré salud y felicidad, y podré quererte...

«Basta por hoy. Aunque sé que me querrás siempre, dímelo para estar más segura».

Las últimas líneas apenas se entendían. Quiso romper la carta, pero por fin la entregó a don Lope, abierta, para que le pusiese el *sobre* y la enviara a Horacio. Era la primera vez que no cuidaba de defender ni poco ni mucho el secreto de sus cartas.

Llevóse Garrido a su cuarto el papel y lo leyó despacio, sorprendido de la serenidad con que la niña trataba de tan grave asunto.

– Lo que es ahora – dijo al escribir el sobre, y como si hablara con la persona cuyo nombre escribía – ya no te temo. La perdiste, la perdiste para siempre, pues estas tonterías del amor eterno, del amor ideal, sin piernas ni brazos, no son más que engaños de la imaginación. Te he vencido. Triste es mi victoria, pero es cierta. Dios sabe que no me alegro de ella. Ya me pertenece en absoluto hasta que mis días acaben. Quiso alejarse de mí, quiso volar; pero no contaba con su destino. ¡Pobre alma mía, adorable niña, la quiero, la querré siempre como un padre! Ya nadie me la quita, ya no ...

A las dos entraron Miquis, Ruiz Alonso y un alumno de Medicina, que hacía de ayudante, pasando a la sala silenciosos y graves. Don Lope los recibió también muy serio y grave.

– Señores – dijo –, esto es muy triste, muy triste ...

Y no pudo pronunciar una palabra más.

Miquis fue al cuarto de la enferma y le dijo risueño:

– Preciosa, todavía no hemos venido ... quiero decir, he venido yo solo. A ver, ¿qué tal? ...

Tristana palideció, dirigiendo al médico una mirada temerosa, infantil, suplicante. Para tranquilizarla, aseguróle Miquis que confiaba en curarla completamente, y que para calmarla le iba a dar un poquitín de *éter*.

Mas no era fácil engañarla. La pobre señorita comprendió las intenciones de Augusto y le dijo, tratando se sonreír:

– Es que quiere usted dormirme ... Bueno. ¡Qué gusto! ¿Y si no despierto, si me quedo allá ... ?

– ¡Qué ha de quedarse! ... Buenos tontos seríamos ... – dijo Augusto, a punto que entraba don Lope pálido, medio muerto.

Cuando Augusto le aplicó el éter, Tristana murmuró:

– ¡Qué bien huele! – y cerró los ojos, como si rezara.

Quedó al fin inmóvil. Empezó luego el corte.

Cuando don Lope vio la primera sangre, su miedo *trocóse* en valor y presenció hasta el fin la operación.

---

*éter,* líquido que hace dormir.
*trocar(se),* volver(se), cambiar(se).

## 24

– ¡Ay, todavía me duele! – fueron las primeras palabras que pronunció Tristana al despertar.

– ¿Qué tal, mi niña? – le preguntó don Lope haciéndole caricias.

Y ella, tocando suavemente los blancos *cabellos* del caballero, le contestó con gracia:

– Muy bien, me siento muy descansada. Si me dejaran, ahora mismo me echaría a correr.

Augusto y don Lope, cuando Ruiz Alonso y su ayudante se habían marchado, le aseguraron a Tristana que se curaría y se felicitaron del éxito de la operación, y ya no había más que hacer sino esperar los diez o quince días *críticos* subsiguientes a la operación.

Durante este periodo no tuvo *sosiego* el bueno de Garrido, porque el estado de la niña *infundía* temor. No parecía la misma. Ni una vez siquiera pensó en escribir cartas. Don Lope no se separaba ni un momento de ella, dando ejemplo de paternal cariño.

Por fin, el décimo día, Miquis dijo muy satisfecho que la niña estaba fuera de peligro. Coincidió con esto una pronta resurrección en el espíritu de Tristana.

Una mañana, como descontenta de sí misma, dijo a don Lope:

– ¡Vaya, que tantos días sin escribir . . . ! ¡Qué mal me estoy portando!

---

*cabello,* pelo.
*crítico,* aquí: importante por la gravedad.
*sosiego,* paz, calma, tranquilidad.
*infundir,* aquí: causar.

– No te preocupes, hija mía – interrumpió don Lope –. Los seres ideales y perfectos no se enfadan por dejar de recibir una carta. Pero si quieres escribir aquí tienes papel y pluma. Díctame, y yo lo haré por ti.

– No, escribiré yo misma.

Dejóla don Lope un momento, y escribió la muchacha su carta, breve, sentida:

«Señor de mi alma. Ya Tristana no es la que fue. ¿Me querrás lo mismo? El corazón me dice que sí. Yo te veo más lejos aún que antes te veía, más hermoso, más bueno. No vengas. Te adoro lejos. Eres mi Dios. Hasta otro día».

Cerró ella misma la carta y se la entregó a Saturna. Por la tarde, hallándose solas las dos mujeres, la criada le dijo:

– Mire, esta mañana no quise decir nada a la señorita por estar delante don Lope. La carta... aquí la tengo. ¿Para qué echarla al correo, si el don Horacio está en Madrid? Se la daré en propia mano esta noche.

Palideció Tristana al oír esto. No supo qué decir ni se le ocurría nada.

– Te equivocas – dijo al fin –. Habrás visto a alguno que se le parezca.

– ¡Señorita...! ¡Qué cosas tiene! El mismo. Hablamos más de media hora. Y está *rabiando* por verla a usted. Es preciso que lo arreglemos, aprovechando una salida del señor.

Tristana no dijo nada. Un momento después pidió a Saturna que le llevase un *espejo* y mirándose en él dijo sorprendida:

– Parezco la muerte. Estoy horrorosa... – echándose

---

*rabiar,* aquí: tener muchas ganas.

a llorar –. No me va a conocer. Saturna, llévate el espejo y no vuelvas a traérmelo aunque te lo pida.

Don Lope, para alegrar a la niña, la había llevado todo lo necesario para pintar: dos cajas de colores, *pinceles, caballetes,* y hasta un piano, que le prometió, para

que se *distrajera* con la música los ratos que la pintura le dejaba libres. Cuidaba Garrido de activar las ilusiones de la niña y le recordaba su amor por el arte.

– Vamos, ¿por qué no pintas mi retrato... o el de Saturna?

– ¡Pero, señor – dijo Saturna –, si tenemos ahí!... No sea tonto, déjeme y le traigo...

– Haz lo que quieras, mujer – indicó don Lope, alzando los hombros –. Por mí...

Media hora después entró Saturna de la calle con cuadros pintados, cabezas, cuerpos desnudos, frutas y flores, todo de mano de maestro.

---

*dístraer,* ocupar la atención.

## 25

Impresión *honda* hizo en la señorita de Reluz la vista de aquellas *pinturas* que le recordaban horas felices. Mandó a Saturna que las colgase en las paredes de la habitación para gozar contemplándolas, recordando los tiempos del estudio y de las tardes deliciosas en compañía de Horacio.

Un día, mientras daba de almorzar a su amo, Saturna se atrevió a decirle:

– Señor, sepa que el amigo quiere ver a la señorita, y es natural. Ea, no sea malo. Son jóvenes, y usted está ya más para padre o para abuelo que para otra cosa. ¿No dice que tiene el corazón grande?

En vez de enfadarse, al infeliz caballero le dio por tomarlo a buenas y respondió:

– No temas nada de mí. Quiero tanto a la niña, que soy capaz de todo por hacerla dichosa.

– La niña le quiere... La verdad por delante. La juventud es juventud.

– Bueno..., pues le quiere... Lo que yo te aseguro es que ese muchacho no hará su felicidad. Para entender estas cosas, Saturna..., es necesario... entenderlas.

– Señor, lo que yo digo es que se quieren, y que el don Horacio desea verse con la señorita... Viene con buen fin.

– Pues que venga. Si no me opongo a que se vean. Pero antes conviene que yo mismo hable con ese sujeto. Ya ves si soy bueno. Yo mismo le traeré aquí, Saturna. Avísale que me espere en su estudio una de estas tar-

---

*honda,* profunda.
*pintura,* aquí: cuadro pintado.

des . . . , mañana. Estoy decidido. Si Tristana quiere verle, no le privaré de ese gusto. Le traje los pinceles, el piano, y no basta. Pues venga el hombre, la ilusión . . .

– Le avisaré, pero no salga con asustar a ese pobre chico.

– Avísale . . . , anda . . . y díselo a la señorita.

A la hora convenida, dirigióse don Lope al estudio, y al subir la interminable escalera, se decía: «Pero. ¡Dios mío, qué cosas tan raras estoy haciendo de algún tiempo a esta parte! A veces me dan ganas de preguntarme: ¿Y es usted aquel don Lope . . . ?»

La primera impresión de ambos fue algo penosa, no sabiendo qué actitud tomar. Después de los saludos, don Lope, mirando al joven como a ser inferior, le dijo:

– Pues sí, caballero . . . ya sabe usted la desgracia de la niña. Es ya mujer inútil para siempre. Ya comprenderá usted mi pena. La miro como hija, la amo entrañablemente con cariño puro y desinteresado. He venido a decirle que, pues desea usted ver a Tristana y Tristana se alegrará de verle, no me opongo a que usted vaya a mi casa; al contrario, tendré una satisfacción con ello. Sí, señor don Horacio, usted puede ir a la hora que yo le diga, se entiende. Y si hay que repetir las visitas, porque así conviniera a la paz de mi enferma, ha de prometerme usted no entrar nunca sin conocimiento mío.

– Me parece muy bien – afirmó Díaz –. Estoy a sus órdenes.

## Preguntas

1. ¿Por qué no tiene miedo Tristana a pesar de los dolores?

2. ¿Por qué no fue Horacio a Madrid al conocer la gravedad de Tristana?

3. ¿Qué desea hacer don Lope para salvar a Tristana?

4. Describa la reacción de don Lope cuando el médico le anuncia que debe cortar la pierna de Tristana.

5. ¿Quiénes ayudan a don Augusto en la operación?

6. ¿Cómo reacciona Tristana cuando conoce que le van a cortar la pierna?

7. ¿Cuál fue la actitud de don Lope durante los días que siguieron a la operación de Tristana?

8. ¿Por qué no desea Tristana que Horacio vaya a Madrid cuando le anuncia la operación?

9. Describa la reacción de Tristana cuando Saturna le anuncia que Horacio está en Madrid.

10. Describa la escena en el estudio durante la visita de don Lope a Horacio.

## 26

«Parece un hombre decente – pensaba don Lope bajando las escaleras del estudio –. Creía encontrar un romántico y me encuentro un joven de color sano y espíritu sereno, un hombre inteligente que verá las cosas como yo las veo. No se le conoce que esté enamoradísimo, como debió de estarlo, allá qué sé yo cuando. Más bien parece *confuso,* sin saber qué actitud tomar cuando la vea... En fin, ¿qué saldrá de esto?... Para mí, es cosa terminada..., terminada..., sí señor..., cosa muerta, perdida... como la pierna».

La inesperada noticia de la próxima visita de Horacio inquietó a Tristana. Cuando llegó el momento de la entrevista, don Lope fingió que salía de casa y se metió en su cuarto.

Arreglóse Tristana la cabeza, recordando sus mejores tiempos, y como se había *repuesto* algo en los últimos días, resultaba muy bien. Cuando sintió que entraba Horacio estuvo a punto de perder el conocimiento.

«Ahora – se decía – veré cómo es, me enteraré de su rostro, que se me ha perdido desde hace mucho tiempo, obligándome a inventar otro para mi uso particular».

Por fin Horacio entró en el cuarto de Tristana... Sorpresa de la muchacha, que en el primer momento casi le vio como a un extraño. Fue derecho a ella con los brazos abiertos y la acarició dulcemente. Ni uno ni otro pudieron hablar hasta pasado un buen rato... A Tristana le sorprendió la voz de su antiguo amante, cual si nunca la hubiera oído.

---

*confuso,* falto de claridad.
*reponerse,* aquí: mejorar en la enfermedad.

– ¡Cuánto has padecido, pobrecita! – dijo Horacio cuando la emoción le permitió expresarse con claridad –. ¡Y yo sin poder estar a tu lado!

– Sí..., hiciste bien en no venir... ¿Para qué? – contestó Tristana –. En fin, ya pasó, y me voy acostumbrando a la idea de no tener más que una pierna.

– ¿Qué importa, vida mía? – dijo el pintor, por decir algo.

– Allá veremos. Aún no he probado a andar con *muletas*. El primer día he de pasar mal rato; pero al fin me acostumbraré. ¿Qué remedio tengo?...

– Todo es cuestión de costumbre.

– No..., cállate.

– Lo que más vale en ti, la gracia, el espíritu, la inteligencia, ni ha sufrido, ni puede sufrir daño. Ni la belleza de tu rostro, ni tu admirable cuerpo...

– Cállate – dijo Tristana con gravedad –. Soy una belleza sentada..., ya para siempre sentada, una mujer de medio cuerpo y nada más.

– ¿Y te parece poco? Pero ¡qué hermosa! Luego, tu inteligencia sin par que hará siempre de ti una mujer encantadora...

Horacio buscaba en su cabeza todas las flores que pueden echarse a una mujer que no tiene más que una pierna. No le fue fácil encontrarlas. Con un poquito de dificultad, añadió:

– Y yo te quiero y te querré siempre lo mismo.

– Eso ya lo sé – respondió ella, afirmándolo por lo mismo que empezaba a dudarlo.

Continuó la conversación en los términos más afectuosos, sin llegar al tono y actitudes de la verdadera

---

*muleta*, ver ilustración en página 81.

*confianza.* En los primeros momentos sintió Tristana una honda desilusión. Aquel hombre no era el mismo.

Por fin, Horacio propuso a su amada terminar la visita.

– Por mi gusto – le dijo –, no me separaría de ti hasta mañana..., ni mañana tampoco... ¿Te parece que me retire ya? Como tú quieras. Y confío que no siendo muy largas la visitas, tu viejo me permitirá repetirlas todos los días.

Horacio se retiró después de besarla cariñosamente y de repetirle aquellos afectos que, aunque no fríos, iban tomando un carácter *fraternal.* Tristana le vio partir muy tranquila, y al despedirse fijó para la siguiente tarde la primera lección de pintura, lo que fue muy del agrado del artista, quien al salir del cuarto se encontró a don Lope y le saludó con respeto. Metiéronse en la habitación del viejo y allí charlaron de cosas que a éste le parecieron de mucha importancia.

Por de pronto, Horacio no dijo ni una palabra de matrimonio. Manifestó un interés vivísimo por Tristana, lástima profunda de su estado. Como el joven sabía por Saturna las dificultades económicas de don Lope, le dijo:

– Mire usted, amigo, yo tengo para Tristana ciertos deberes que cumplir. No tiene padre, y quiero ayudarla.

– Pues yo creí que usted, al venir aquí, pensaba casarse con ella.

– ¡Casarme!... ¡Oh!... No – dijo Horacio sorprendido –. Tristana es enemiga del matrimonio. ¿No lo sabía usted?

– ¿Yo?... No.

– Pues sí; quizá ve más que todos nosotros; quizá su

---

*confianza,* actitud o estado de confiado.
*fraternal,* propio de hermano.

mirada de mujer superior ve la sociedad futura que nosotros no vemos.

– Quizá…

– Y quedamos – dijo Horacio, despidiéndose – que vendré a pintar un ratito con ella.

– Un ratito…, cuando la levantemos, porque no ha de pintar en la cama.

– Justo… Pero, en tanto, ¿podré venir?

– ¡Oh! sí, a charlar, a distraerla.

# 27

Notó el buen Garrido cierta confusión en Tristana después de la entrevista. Interrogada paternalmente por el viejo, la muchacha le dijo claramente:

– ¡Cuánto ha cambiado ese hombre, pero cuánto! Paréceme que no es el mismo.

– Y qué, ¿gana o pierde en el cambio?

– Pierde . . . , al menos hasta ahora.

– Parece buen sujeto, sí. Y te quiere.

Tristana no dijo nada y todo el día estuvo muy triste. Al siguiente, la entrevista con Horacio fue bastante fría. El pintor se mostró muy amable, pero sin decir una palabra de amor.

Por fin la levantaron, y el estrecho saloncito en que la pobre pasaba las horas sentada en un sillón fue convertido en *taller* de pintura. Mas sucedió una cosa rara y fue que Tristana mostraba cada vez menos afición a la pintura. A los tres o cuatro días, apenas pintaba ya; pasaba las horas charlando con Horacio y solía suceder que también la conversación iba perdiendo interés.

Lo más triste de todo cuanto allí ocurría era que Horacio dejó de ser *asiduo* a las visitas. La retirada fue tan lenta y bien pensada que apenas se notaba. Empezó por faltar un día, a la siguiente semana faltó dos veces; luego, tres, cinco . . . y por fin ya no se contaron los días que faltaba sino los que iba. Al llegar el verano, pasaban hasta dos semanas sin que el pintor se acercara a la casa. Una tarde, despidióse Horacio para Villajoyosa, pues,

---

*taller,* aquí: lugar donde trabaja el pintor.
*asiduo,* se dice del que va o asiste con frecuencia a cierto sitio.

según dijo, su tía, que allá continuaba viviendo, se hallaba en peligro de muerte. Así era la verdad, y a los tres días de llegar el sobrino doña Trini murió.

Una mañana de noviembre entró don Lope con cara grave en el cuarto de la joven y, sin expresar alegría ni pena, le dijo:

– ¿No sabes?... Nuestro don Horacio se casa.

# 28

Creyó notar el viejo que Tristana se *desconcertaba* al recibir la inesperada noticia; pero en pocos días volvió sobre sí misma. A Horacio no volvió a nombrarlo más.

Al año de la operación, su rosto había adelgazado tanto, que muchos que en sus buenos tiempos la trataron apenas la conocían ya al verla pasar por la calle. Tristana pasaba la mayor parte del día dedicada a la música y a la *contemplación* religiosa. Y el bueno de don Lope, no viviendo ya más que para ella y por ella, se fue metiendo poco a poco en aquella vida, en la cual su triste vejez hallaba infantiles consuelos.

---

*desconcertarse*, quedarse sin saber qué hacer ni decir.
*contemplación*, acción de contemplar. Aquí: tener el pensamiento fijo en Dios.

## 29

No tuvo la vejez de don Lope toda la tristeza y soledad que se merecía. Sin el auxilio de sus primas de Jaén y de un sobrino, cura en Baeza, el viejo Don Juan hubiera terminado pidiendo limosma. En un viaje que aquél hizo a Madrid, trató de obtener de su tío ciertas concesiones del orden moral.

– Tío, se ha pasado usted la vida ofendiendo a Dios, y lo peor son la relaciones con esa muchacha...

– Pero, hijo, si ya... no...

– No importa; se irán ella y usted al infierno.

Total que el buen cura quería casarlos.

– Las tías – dijo – que son muy cristianas le ofrecen a usted, si acepta sus condiciones, las dos *dehesas* de Arjonilla, con lo cual no sólo podrá vivir sin problemas económicos los días que el Señor le conceda, sino también dejar a su viuda...

– ¡A mi viuda!

– Sí; porque las tías, con mucha razón, exigen que usted se case.

Don Lope soltó la risa. Pero no se reía de las condiciones de sus primas, ¡ay!, sino de sí mismo... Trato hecho. ¿Cómo *rechazar* la propuesta, si aceptándola aseguraba la existencia de Tristana cuando él faltase?

Trato hecho... ¡Quién lo diría! En suma: que se casaron... Contra lo que él creía, Tristana no tuvo nada que oponer al proyecto de las primas de don Lope. Lo

---

*dehesa,* campo muy grande, dedicado a la crías de toros, caballos, etc.
*rechazar,* no aceptar.

aceptó con indeferencia; había llegado a aceptar todas las cosas de este mundo con profundo desprecio... Casi no se dio cuenta de que la casaron. No sentía el acto, lo aceptaba como un hecho impuesto por el mundo, por la sociedad.

Garrido, al mejorar de fortuna, tomó una casa mayor en uno de los mejores barrios de Madrid. Revivió el viejo Don Juan con el nuevo estado y sintió que le nacían costumbres de burgués. No cabía en sí de contento y Tristana *participaba* de su alegría. Por aquellos días entróle a la muchacha una nueva afición: el arte *culinario*, y hacía tan bien las comidas, que don Lope, después de probarlas se *chupaba* los dedos y no cesaba de alabar a Dios. ¿Eran felices uno y otro?... Tal vez.

---

*participar*, tomar parte.
*culinario*, arte de preparar bien las comidas.
*chupar(se)*, pasear algo por la boca, o ponerlo entre los labios pasándole la lengua.

## Preguntas

1. ¿Qué piensa don Lope de Horacio al abandonar el estudio?
2. Describa la primera entrevista entre Horacio y Tristana después de la operación.
3. ¿Qué le dice Horacio a don Lope cuando sale de visitar a Tristana la primera vez?
4. ¿Qué impresiones saca don Lope de la visita de Horacio?
5. Describa el estado de ánimo de Tristana después de la entrevista.
6. ¿Cómo reaccionó Tristana cuando don Lope le anunció que Horacio se casaba?
7. ¿Quiénes solucionaron la situación económica a don Lope?
8. ¿Qué condiciones le impusieron?
9. ¿Por qué acepta Tristana casarse con don Lope?
10. ¿Cómo termina la novela?